意地悪な姉の身代わりで政略結婚したら、甘々に独占されて愛の証を授かりました

marmaladebunko

ひなの琴莉

JN020368

marmalade bunko
マーマレード文庫

目次

意地悪な姉の身代わりで政略結婚したら、甘々に独占されて愛の証を授かりました

意地悪な姉の身代わりで政略結婚したら、甘々に独占されて愛の証を授かりました

プロローグ

「姉が……、ご、ご迷惑をおかけしてしまって本当に申し訳ありません。どうか実家を助けてください」

自分の心臓の鼓動の音が聞こえてしまうのではないかと思うほど、副社長室が静まり返った。

私が謝って許されることではないとわかっている。しかし謝らなければ気が済まなかった。

「たくさんの社員が路頭に迷ってしまうことになるんです。私一人の力ではどうしようもできません。助けてください。何でもしますから」

姉が逃げてしまったせいで政略結婚が成立しなければ、うちの会社は絶対に倒産してしまう。

幼い頃から可愛《かわい》がってくれた社員の人たちを守りたい。

「まさか、聞いていないのか？」

副社長は、不思議そうな瞳の色を浮かべている。

「……姉が逃げ出してしまったということですよね。昨夜聞きました」

部屋の中に微妙な空気が流れた。話が噛《か》み合っていないような感じがする。

「代わりにひまりが結婚相手になったから問題ない」

「……………………えっ？」

あまりにも驚きすぎて頭が真っ白になった。強いフラッシュが目の前で光ったようなそんな感じになり倒れそうになる。

慌てて立ち上がった副社長が私の背中に手を添えて体を支えてくれた。

「驚きすぎて……申し訳ありません……」

私の知らないところで私の人生が決められていたのだ。

憧れていた人との結婚。でも喜べない。

私はこの大企業の御曹司の妻として支えていく自信なんかない。私のような人間は不釣り合いだ。

「今回は逃げられたら困るから今日の夜から一緒に住むことになったから。明日、婚姻届を提出する」

「……っ、そ、そんなっ……。ムリです！」

慌てて副社長から離れて私は強い口調で言い放った。

姉のように伝統的な会社がダサいと思っているわけではない。

幼い頃から私は父にダメな人間だと言われ育ってきたし、本当に絶対に自分は至らない。

「あ、あのっ……、何かの間違いだと思います。父が私を隆生《りゅうせい》さんの結婚相手として許可するはずがありません。私は……ふさわしくないのです」

「残念ながら間違いではない。うちの両親もそれで話がついている。これは契約だ。家と家が交わした約束だから、諦めてもらうしかないいな」

話す口調は優しいが、そこに血が通っていないみたいな感じがした。

胃の辺りがヒヤッとする。

いつも優しかった隆生お兄ちゃんのイメージが一気に崩れていく。切なくて現実から目をそらしたくなった。

「そんなふうに言わないで……ください……」

驚きとパニックで思わず瞳から涙がこぼれ落ちた。

第一章　突然の身代わり結婚生活

『ワークライフバランスは、我が社ではもっとも重要視しておりまして。古き良き習慣を残しつつ、働き方改革はしていくべきだと考えております』

出勤前に朝食を食べながら情報番組に視線を移すと、黒柳《くろやなぎ》隆生さんがコメンテーターとして出演中である。

彼は私が働いているKGモーターの一人息子で副社長だ。

家がお隣さんということもあり、家族ぐるみの付き合いをしている。

ところが相手は世界的な大企業。父は『庶民をバカにしてる』と陰口を叩《たた》いていた。

それなのに、黒柳一家の目の前ではペコペコとする。そんな父の裏表がある姿が私は幼い頃から嫌だった。

「外見は申し分ないわよね。俳優とか、モデルとか、芸能界の仕事をしている人とも甲乙つけがたいわ」

姉の加奈子《かなこ》がパジャマ姿でだらだらとトーストをかじりながらつぶやく。

たしかに隆生さんは抜群すぎる華麗な容姿だ。

身長、一八三センチ。細身だがスーツの上からもしっかりと筋肉がついていることがわかる体型で、黒髪をおしゃれに七三分けにしている。

整った眉毛と、美しい二重、意志の強そうな黒い瞳。高く通った鼻筋、そして形のいい唇。完璧な外見だ。その上、穏やかな話し方をして笑顔が素敵。至近距離で微笑《ほほえ》まれたら失神してしまうかもしれない。

言うまでもなく私も隆生さんに憧れている大勢の中の一人。恋ではなく、推《お》しのような存在である。

今までの人生で隆生さん以上に心を奪われる人には出会ったことがなかった。

何の特徴もないこんな私が隆生さんに恋なんて厚かましい。憧れるだけでも、申し訳ないくらいだ。

家が近いこともあって幼い頃はよく遊んでもらっていたが、今は隆生さんの会社で秘書課事務補佐として働いているので、プライベートで個人的に関わることはない。

小さい頃は馴《な》れ馴《な》れしく話しかけていたけれど、今は関係性にしっかりと線を引いている。それで充分だ。

実際に会社で働くことで、KGモーターの規模の大きさというのを肌で感じていた。

一応、私も姉も社長令嬢ということになる。うちは鉄工所を営んでおり、空港や車の機材の大事な部品を作っていて業界では名の知れている企業だが、KGモーターとは比べ物にならない規模だ。

そんな実家の今野《こんの》製鉄は、数年前から不況のあおりや物価高騰が影響し、経営が厳しくなりこのままでは倒産確実で、雇っている社員たちの給与を払うことができず路頭に迷わせてしまうと両親はいつも頭を抱えていた。

そんな時にKGモーターから『子会社になりませんか？』と声がかかったのだ。子会社にすることでメリットがあると思ってくれたのだろう。ありがたい申し出だったが、条件として黒柳家の娘がほしいと言われ両親は悩みに悩んでいたのを私は陰ながら見ていた。

そして父に呼び出され姉と私を並ばせた。

『加奈子が黒柳家に嫁ぎなさい』

『結婚なんて絶対にしたくない！　嫌よ！　家のために好きでもない人と結婚して自分の人生を台無しにするなんて。そんなのおかしいと思わない？　隆生さんは反論してないってこと？』

『あぁ、そうだ』

『バッカみたい！』

姉は大発狂していた。

親にすべての道を決められてきた私にとって、姉の苦しみはものすごくわかった。しかし仕方がないのかもしれない。姉が結婚を受け入れなければ社員が路頭に迷ってしまうのだ。

隆生さんも納得していなくても、これだけの大企業のトップに立つのであれば親が決めたレールを歩かなければいけない事情があるのだろう。

私は姉のように自由奔放に恋愛をしてこなかった。恋愛経験がないけど、私が代わりでもいい。

『ひまりに嫁がせればいいじゃない』

『ひまりは大学を卒業したばかりだ。隆生さんと年の差もある。年功序列で嫁ぐのが普通だ』

『嫌！』

暴れる姉を父は抱きしめる。

『誰よりも加奈子に幸せになってもらいたい。黒柳家なら金に困ることはない。しかも将来の社長夫人だ。加奈子にふさわしいポジションだと思う』

一気に言うと、チラッと父は私を見た。

あぁ、また始まる。私は心を守るため、父の言葉をスルーするモードに入った。

『ひまりは、隆生さんの隣に立てるほどの美貌がない』

その父の言葉で姉は落ち着きを取り戻した。幼い頃から父と姉は私を侮辱して心を通わせているらしい。

『……そうね、ひまりじゃ務まらないわ』

こうして、父は姉を何とか説得し、子会社になることが決まった。

今では姉は諦めてしまったようで、籍を入れるまでの間に自由に遊び歩くと宣言して毎日のように出かけている。

「はぁ……やっぱり、こういう伝統ある会社なんて嫌。古い価値観が結局抜けないのよ。古き良きとか、意味わかんない。お金があってもつまんなーい」

姉が気だるそうに嘆いた。

「お前のフィアンセだぞ、あんまりなことを言うな」

慌てて父が言う。

「そうだけどさぁ。結局まともに女性とお付き合いもしたことないんでしょう？　仕事人間という感じがして結婚生活……想像すると牢獄《ろうごく》だわ」

「何を言っているんだ。アレだけの男性だぞ。お付き合いしなくても、嫌になるほど人が寄ってくる。会社のことを考えてあえて恋愛を避けてきたんじゃないか？」

「本気の恋愛をしてこなかったってこと？　なんか、やっぱり嫌」

「お相手は大企業の息子さんなんだから、文句を言うなんてバチが当たる」

姉はさらに機嫌が悪くなった。

「そもそも結婚したら自由がなくなるじゃない。家のために結婚するなんて、その考え方が古い。今はもう令和なのよ？」

結婚が決まってから姉はウェディングドレスの衣装合わせなどで急に忙しくなってしまったようだ。

今まではフリーターとして自由気ままに遊んでいたから、相当ストレスが溜《た》まってしまったらしい。

五月の大型連休が終わった頃には入籍して姉はここを出て隆生さんが所有している本社の近くのタワーマンションに住む。

そして十月頃に結婚式を行うというスケジュールになっているようだ。

「申し訳ないな、加奈子。経営がな……」

肩を落とす父に姉は、ねぎらう言葉は一言もかけない。

「マジで終わってる。私の人生。最悪」

隆生さんと一緒に暮らせるなんて、羨ましい。

身長も体重もほぼ同じ私と姉だが顔は似ていない。

姉は父親似で顔のパーツが大きく華やかで、髪の毛や服装も派手なのを好む。金髪に近い髪色で毛先をカールしているヘアスタイル。

一方の私はこげ茶色のストレートヘアをいつもひとつ縛りにしている。母親似の私は全体的に地味だ。

年功序列ということで結婚相手に姉が選ばれた。四年先に生まれていたら私が好きな人と結婚できる運命だったのかな。せめて華やかな容姿だったら……。

心の中に切なくて悲しくてやるせない感情が湧き上がってきた。

隆生さんがあまりにもすごい人なので、私が伴侶として共に過ごすのは釣り合わないのはわかりきっていた。

「ごちそうさまでした」

食器を片付けるために立ち上がると、父が私に鋭い視線を向けてくる。

「ひまりもお姉ちゃんのように素晴らしい人と結婚しなきゃダメだ。お前は出来が悪いから、どうせろくでもない男を連れてくる。お父さんがいい人を見つけてやるから社内恋愛をしようなんてバカなこと考えるなよ」

幼い頃から父は私のことを目の敵《かたき》にしてきた。血のつながった自分の娘だというのに人前でも私のことを平気で貶《けな》すのだ。

先日の結納の時も、隆生さんと彼のご両親の前で私のことを平気でディスった。

『隆生さんの伴侶として姉の加奈子は明るくて健気《けなげ》なのでピッタリです。一方の妹のひまりは、劣るところが多いもので親としても心配してます。いやぁ、隆生さんの相手が加奈子でよかった』

母は心から優しい人で、父が強すぎるため反論することができない。その時も黙って笑顔でやり過ごす母だった。

『そんなことないですよ。ひまりさんは幼い頃から作文コンクールで入賞して表彰されたりしていましたし、近所でいつ会ってもきちんと挨拶してくれました。我が社でも優秀な社員で将来が楽しみだと皆、言っております』

その時、隆生さんが庇《かば》ってくれたのだ。その言葉でどれほど私の気持ちが救われただろう。

抑えていたのに、恋心がさらに膨らんだ。表情で気持ちがバレないように隠すことで必死だった。

『そうですよ。ひまりさんも素敵ですよ。自慢のお嬢さんがお二人も。幸せですわね』

隆生さんのお母様もそう言ってくれた。ありがたくて泣きそうだった。

素敵なお姑《しゅうとめ》さんがいる家に嫁ぐなんて憧れる。

きっといろいろ教えてくれるだろう。一緒にお茶をしながら隆生さんのことを話す時間はどんな幸福感に包まれるのかな。

でも、夢のまた夢。考えるだけ切なくなる。

「ひまり、返事しろ！　聞いているのか？」

父とまともに話すと心をだんだんと傷つけられる。なので、私は聞こえないふりをして家を出た。

自宅からKGモーター本社へは、電車を使って約一時間だ。職場へは人よりも早く到着するようにしていた。

駅に到着し激混みの電車の中に滑り込んだ。

身長が一五三センチと低めなので電車は呼吸が苦しくなることがあり、通勤が得意ではなかった。

それでも会社に行けば、隆生さんに会えるのを楽しみに通勤を頑張っていた。

ＫＧモーターは、自動車の製造、販売および関連事業を手がけ、子会社・関連会社も含めたグループ全体で二十万人の従業員を抱える創業百周年を迎える会社だ。

地下三階、地上二十五階の本社は、一階がショールーム。二千五百人の従業員が勤務している。

こんなに立派な場所で仕事ができるなんてありがたい。

自動ドアが開くと警備員が立っている。すっかり顔なじみになった壮年男性に頭を下げた。

ＩＣカードを改札機にかざして通り抜けるとエレベーターが十二基あるホールだ。出勤ラッシュにぶつかってしまうとかなり混み合う。今はまだ早い時間なので、さほど人はいなかった。

エレベーターに入り最上階ボタンを押す。

最上階には役員室、会議室、来客室。私の働いている秘書課には、秘書室長を筆頭に十名の秘書と五名の事務補佐が勤務している。

社長と副社長には専属の秘書がついていて、その他の役員の仕事は秘書課がスケジュール管理を行う。

私は大学を卒業した春に秘書課の補佐として採用された。働き始めて一年が過ぎたところである。

「おはようございます」

いつも一番に出勤しようとしているが、秘書室長の田辺《たなべ》さんはすでにスタンバイしている。男性で五十代のベテランだ。

「いつも早いですね」

「はい。学ぶことが多いので早く出社して頑張ろうと思いまして」

「偉いですね。しかし無理は禁物ですよ」

笑顔を浮かべていた彼が少し神妙そうな表情をした。他にまだ人が来ていないことを確認し私に小声で話しかけてくる。

「ご実家が子会社になると話を聞きました」

「はい……」

田辺室長は、隆生さんと私の実家が隣同士だということも知っている。なのでおそらく姉が結婚相手になることも承知の上で話しかけてきたのだろう。

「正式に発表がある日まで内密にします。安心してください」

「ご配慮ありがとうございます」

理解のある人でよかった。気を使わせて申し訳ないが情報解禁まではこのままにしてもらいたい。社内に知れ渡れば少なからず噂になり、仕事に集中できないだろう。

頭を下げてお茶の準備に給湯室へ向かった。

一番下っ端の私はまずは社長室、副社長室に行きお茶を出す。

隆生さんは朝コメンテーターとしてテレビに出ていたので、おそらく十時過ぎの出勤になるので後ほどにしよう。

彼はあまりメディアには出たくないと過去に小さな声で嘆いていたことがある。

社会貢献をするというのがＫＧモーターの社風でもあり、経営者として社長がテレビ番組にコメンテーターとして出演していた。

世代交代をしたいということで、数年前から隆生さんが代わりに出演するようになった。大企業の役員もやることがたくさんあって大変だなと思いつつお茶を準備し、社長室に運んだ。

大学を卒業する頃、父は私に卒業したらすぐに結婚させると言っていたので、切ない気持ちでいた。ところが隆生さんの会社で数年間社会勉強をしてこいと言われ今に至っている。

私の進路はすべて父が決めた。高校も、大学も、就職先も。

自分の意思表示をすることを許される環境ではなかったし、それでいいと思っていた。最悪な状況なのに隆生さんの会社で働けたというのは不幸中の幸いだったかもしれない。そこに関しては感謝している。

一般の社会人として働けることが嬉《うれ》しい。パソコンを使ってデータ入力をし、ファイリングの手伝いをして、大切な機密情報をシュレッダーにかける。誰でもできそうな仕事かもしれないが私にとってはやりがいのあることばかりだ。

幼い頃にテレビドラマを見てオフィスで働くのを夢見ていたことがあった。それが今こうして実現しているのは嬉しい。

資格を取り経験を積んでいけば、いずれは秘書としての道も開ける可能性もあるが、父が私の結婚相手を見つけると言っていたので、それまでの間しか働くことができないだろう。

未来を考えて嘆いても仕方がないので、精一杯社会人生活を楽しもう。

お茶《ちゃ》汲《く》みを終えて朝礼後、真剣に仕事に取り組んでいると電話が鳴る。

「秘書課、今野でございます」

『お疲れ様です。岡田《おかだ》です』

隆生さんの専属秘書の岡田さんからだった。

『副社長の予定が変わって、事務所に戻れるのは何時《いつ》かわからなくなりました。スケジュールにも入れてますが共有しておいてください』

「承知しました」

受話器を置いて部署内に伝えた。

集中して仕事をしていると、あっという間に昼食の時間になる。

ランチタイムは社員食堂があり先輩に誘われて一緒に食事を摂《と》ることが多い。

社員食堂は、おしゃれなレストランという感じで、横浜《よこはま》の景色も見えて素敵なところだ。いつまでもここで働いていたいと思いつつランチプレートの料理を頬張《ほおば》った。

昼休憩を経て事務所に戻ってきたが隆生さんはまだ会社に来ていない。

何かトラブルでもあったのだろうか。

「副社長、本日は戻れないかもしれないんですって」

秘書課の社員が言う。

大丈夫かな。心配でたまらなかったが、結局、その日は会社で会うことができず私は退社した。

十八時半頃に自宅に到着した。

「ただいま」

手料理のいい匂いが漂っていた。急に空腹を覚えてダイニングルームに向かう。

「お母さん、ただいま」

食卓テーブルの椅子に腰を下ろしてこめかみを押さえている母がいた。呼びかけても反応がない。

「どうしたの？　体調でも悪いの？」

私の声に気がついた母はハッとしたような感じでこちらを見て、一瞬固まった。

明らかに様子がおかしいのに笑顔を作って首を左右に振った。不自然だ。

「おかえり……ひまり」

「あれ？　お姉ちゃんは？」

「……出かけたみたい。多分、しばらく帰ってこないと思うわ」

「そうなんだ」

姉は自由奔放な性格なので、突然友達のところに行ってくることもあったし、海外旅行することも多々あるから驚かない。

今回も結婚する前に自由を満喫しておきたいとどこか遊びに行ったのだろう。

「お母さん、そんなに心配することないと思うよ」

「そうよね」

そわそわしている母を横目に私は自分の部屋にいく。荷物を置いてからふたたびダイニングに戻ってきた。

「お父さんも今日は遅いみたいなの。ご飯、食べちゃいましょう」

「うん。そうしようか」

今日のメニューは私の好きなものばかりだった。

わかめの味噌汁《みそしる》。タラのホイル焼。ポテトサラダ。大根の煮付け。すべて母が作ってくれたもので全部美味《おい》しかった。

「お母さん、私も結婚したらもっと自分で料理してみたい。いろんなレパートリーを教えてね」

「ええ……。いいわよ」

いつものように会話をして、母と夕食を済ませた。

次の日の朝、父から呼び出しをされる。出勤前に怖い顔をして一体、どうしたのだろう。

「加奈子が逃げた」

「え?」

「古い習慣がある家と結婚するなんて嫌だとメッセージが残されていたんだ。結婚が条件で子会社になるとの約束だったから、先方とは話し合っている」

「……嘘《うそ》でしょう」

「ひまりが悩んでもお前にできることはない。父さんの言う通りに動けばいいんだ」

「でも、会社の人をどうやって守っていけばいいの……？」

「お前は心配しなくていい。遅刻する。行ってこい」

衝撃的な話を聞かされた状態で私は出勤をした。

姉が結婚しなければうちの家業は潰れてしまう。

そうなれば、働いている社員たちの未来はどうなるのか。考えればすぐに正解がわかることだ。

姉はそこまで考えて逃げ出したのだろうか。あまりにも無責任すぎる。

職場に到着すると、パソコンの電源をつけてお茶を淹《い》れた。

今日、社長は外勤で不在だったので、副社長の元へと向かう。

隆生さんに会ったらお詫《わ》びをして、私にできることがないか質問しようと思ったが、厚かましいだろうか。

父の言う通り私のできることは何もない。

深く落ち込むが、気を取り直して、ノックをすると「どうぞ」と中から声が聞こえてくる。

扉を開いて一礼をしてから副社長の元に近づいた。

「おはようございます。お茶をお持ちしました」

「あぁ、ありがとう」

隆生さんと私は社員と副社長という関係になってからは、そっけない挨拶が続いていた。

休みの日もほとんどプライベートで会うことはない。彼は今横浜にあるマンションで一人暮らしをしているからだ。

プライベートと仕事はしっかりとわけるつもりだし、ここに来ているのは社会人として学ぶことが目的なのだ。

しかし、今回のことだけは家族としてお詫びをしなければならない。

お茶を運んできたトレーを胸に抱え、隆生さんに話しかけるタイミングを窺《うかが》う。

彼は何事もなかったかのようにパソコンの画面に向かってキーボードを軽快にタッチしていた。

静寂に包まれている副社長室にカタカタカタと音が響いている。その綺麗《きれい》な指先に見惚《みと》れていると、彼の動きが止まりこちらに視線が向けられる。

「何？」

「少しだけお話しさせていただいてもいいでしょうか？　プライベートのことなのですが」

「プライベートのこと？　もう少し落ち着いてから呼び出そうと思っていたが、先を越されてしまったな。いいぞ。話って？」

隆生さんは体ごとこちらに向けて私の顔をじっと見つめてきた。黒々としている瞳に吸い込まれそうになり頬《ほお》が熱くなる。

憧れて終わるだけにしようと思っていたのに、好きな気持ちがあふれ出していく。今はときめいている場合ではない。しっかりとお詫びをしなければ……。

トレーをさらに強く抱きしめながら頭を深く下げた。

「姉が……、ご、ご迷惑をおかけしてしまって本当に申し訳ありません。どうか実家を助けてください」

自分の心臓の鼓動の音が聞こえてしまうのではないかと思うほど、副社長室が静まり返った。

私が謝って許されることではないとわかっている。しかし謝らなければ気が済まなかった。

「たくさんの社員が路頭に迷ってしまうことになるんです。私一人の力ではどうしようもできません。助けてください。何でもしますから」

姉が逃げてしまったせいで政略結婚が成立しなければ、うちの会社は絶対に倒産してしまう。

幼い頃から可愛《かわい》がってくれた社員の人たちを守りたい。

「まさか、聞いていないのか？」

副社長は、不思議そうな瞳の色を浮かべている。

「……姉が逃げ出してしまったということですよね。昨夜聞きました」

部屋の中に微妙な空気が流れた。話が噛み合っていないような感じがする。

「代わりにひまりが結婚相手になったから問題ない」

「…………………えっ？」

あまりにも驚きすぎて頭が真っ白になった。強いフラッシュが目の前で光ったようなそんな感じになり倒れそうになる。

慌てて立ち上がった副社長が私の背中に手を添えて体を支えてくれた。

「驚きすぎて……申し訳ありません……」

私の知らないところで私の人生が決められていたのだ。

憧れていた人との結婚。でも喜べない。

私はこの大企業の御曹司の妻として支えていく自信なんかない。私のような人間は不釣り合いだ。

「今回は逃げられたら困るから今日の夜から一緒に住むことになったから。明日、婚姻届を提出する」

「……っ、そ、そんなっ……。ムリです！」

慌てて副社長から離れて私は強い口調で言い放った。

姉のように伝統的な会社がダサいと思っているわけではない。

幼い頃から私は父にダメな人間だと言われ育ってきたし、本当に絶対に自分は至らない。

「あ、あのっ……、何かの間違いだと思います。父が私を隆生さんの結婚相手として許可するはずがありません。私は……ふさわしくないのです」

「残念ながら間違いではない。うちの両親もそれで話がついている。これは契約だ。家と家が交わした約束だから、諦めてもらうしかないな」

話す口調は優しいが、そこに血が通っていないみたいな感じがした。

胃の辺りがヒヤッとする。

いつも優しかった隆生お兄ちゃんのイメージが一気に崩れていく。切なくて現実から目をそらしたくなった。

「そんなふうに言わないで……ください……」

驚きとパニックで思わず瞳から涙がこぼれ落ちた。

隆生さんは一瞬ひるんだ表情をしたが、目に力を込めて私のことを見てくる。

「もしかして、好きな男でもいるのか？」

「え？　あ、は……はい……」

目の前のあなたですとは言えない。思わず「はい」と言ってしまう。

「交際しているとか？」

首を左右に振る。

「……違います」

この現実を受け止めることができず、全身が震えていた。

その様子を見た隆生さんは眉毛を下げて近づいてくる。

「驚かせてしまって申し訳なかった。てっきり話を聞いていると思っていたんだ。結婚を受け入れてもらえなければ、今野製鉄を子会社にすることができない。おそらく父が許してくれないだろう」

「……っ」

「ひまりの実家の会社を助けるためには政略結婚するしかない。うちの子会社にすることでメリットもあるんだ。だから今は結婚して仮面夫婦を演じていこう。どうしても耐えられないなら、いずれ離婚してもいい」

彼の本来持っている優しさを見た気がして少しだけ心が落ち着く。

冷静に考えてたくさんの従業員を救うためにはこの方法しかないのはわかるが……、でも……わけがわからない。

「秘書室長には話をしているが、九月いっぱいで退職してもらうことになる。本当は今すぐにでも辞めてもらいたいが、ひまりは頼りにされていた。突然いなくなると困ると秘書室長が言っていて後任を採用する予定だ」

業務のように淡々と説明されていくが、思考が追いつかない。

私が姉のように姿を消してしまったら、数えきれない人に迷惑をかけることになる。逃げることも隠れることもできない。

自信がなくて不安でいっぱいだったけれど、覚悟を決めて私は同意するしかなかった。

「……はい」

「結婚発表は結婚式が予定されている十月だ。それまでは他言無用で頼む。友達にも言ってはいけない。メディアがうるさいだろうし。ひまりにはかわいそうなことをお願いして心苦しいが言う通りにしてほしい」

夫婦になったことを隠しながら働かなければならないなんて人に嘘をついているかのような気がして心苦しい。

しかし今は言うべきタイミングではないのだ。

「仕事が終わったら家に戻って荷物をまとめておいてほしい」

「わかりました」

「じゃあ、また夜に」

頭を下げて副社長室から出てきたが、廊下を歩いていると、まるで雲の上のような感覚だった。足に力が入らない。もしかして悪い夢でも見ているのではないか。

自分の手の甲を強めにつねってみると痛みを感じる。これは現実に起きている事柄なのだ。

逃げた姉への怒りが湧き上がる。私が身代わりになるということよりも、自分の行動でたくさんの人に迷惑をかけてしまうのを予測できなかったのだろうか？

父も勝手すぎる。私の人生を一体何だと思っていたの？

父に私の人生を勝手に決められた怒りなのか、悲しみなのか。混乱して心の中がぐちゃぐちゃになっている。

お腹《なか》の底から表現が難しいような大きな渦が湧き上がってくるような感じがした。

部署に戻ってきて深呼吸をして中に入る。

自分の席に戻るが何も手につかず、頭の中が呆然《ぼうぜん》としていた。この感情はどう表現すればいいのだろう。

少し時間が経過したところで秘書室長が私を小会議室へ連れ出した。

「話は聞きました。いろいろとご事情があったようで」

「申し訳ありません」

「謝ることはないですよ。いなくなってしまうのは寂しいですが、副社長のことを家族として支えていってください。九月の頭に退職する旨を皆さんにお知らせしましょう」

「よろしくお願いいたします」

自分の席に戻り、何事もなかったかのように仕事を開始する。

九月いっぱいで退職するとなると、後任が仕事の内容をわかるようにマニュアルを作っておく必要がある。そんなことを考えながらパソコンの画面を見つめていた。

一日、何事もなく仕事を終えて会社を出た。

電車に乗り実家を目指す。頭がものすごく痛い。家に戻ったらまず最低限の荷物をまとめなければならない。

会社、辞めなきゃいけないのか。楽しかったなぁ。まだ数ヶ月働くけれど寂しい。

それに、隆生さんの働く姿を間近で見ることができて幸せだった。

テキパキと仕事の指示をするところや、会議で自信に満ちた表情で語り、社員のことを大切にして、穏やかに話しかけているところを目にして、一緒に働いていくうちにもっともっと好きになっていた。

だけど妻になるなんて重すぎる。怖くてたまらない。考えるだけでこの場で気絶をしてしまいそうだった。

どうやって自宅に戻ってきたのかもわからないまま、玄関のドアを開けた。

母が出てきて心配そうな視線を向けている。

「お母さん……どうして教えてくれなかったの」

「お父さんが……絶対に言うなと口止めされていたから。ごめんなさい……ひまりにばかり……」

私も母も言いなりになってきた。しかし、大切なことはせめて言ってほしかったというのが本音だ。

私も姉のように逃げると思われていたのだろうか。

母と話をしているとすでに帰宅していた父がドカドカと歩きながら近づいてきた。

「何で教えてくれなかったの？」

「お前に逃げられたらもう切り札がないからな。ほら、さっさと荷物をまとめてここを出て行け」

あまりにもひどい言い方で私は言葉を失った。

姉も私も父の子供であることには変わりはないのに、こんな言い方をされるのは堪える。

「お前じゃ役に立たないと思うが、先方がお前でもいいと言ってきた。隆生さんに嫌われないようにするんだな。いいか？　せめて跡取りは作ってこいよ。それが契約に含まれているんだ」

「あなた！」

ひどい言い方だったのでさすがの母も止めに入った。しかし父は母を睨《にら》みつけて握りこぶしを向けて殴ろうとする。

「……っ！」

母は完全に怯《おび》えて顔を背け体を小さくした。私は母を庇うように目の前に立って父を睨みつける。

「何だ！　その反抗的な目は。本当にそういうところ母さんにそっくりだな」

何かあるといつも父はこの言葉を言った。

「隆生さんに従えよ？　問題を起こしたらただじゃおかないからな。お前の帰ってくるところはもうここにはないと思って生きていけ」

なぜこんなにひどいことを口にできるのだろう。

祖父が生きていた時はこんなこと言われなかった。

たしかに小さい頃から姉のことばかり溺愛していたというのはあるが、祖父が亡くなった途端に態度を急変させたのだ。

父は、婿養子だった。父なりに思うことがあったのかもしれない。

「私には何を言ってもいいけど、お母さんのことだけは大切にして。お父さんが大切に思っているお姉ちゃんを産んでくれた人なんだよ」

「偉そうに！　迎えが来るぞ。さっさと準備しろ」

泣きたい気持ちを抑えながら、階段を上り自分の部屋に入った。

ドアを閉めて深呼吸をする。荷物をまとめなさいと言われても……。

頭が真っ白。胸が苦しい。

最低限の着替えと下着、靴下、メイク道具。いきなりのことで、どうすればいいかわからなかった。

旅行用の小さめのバッグに収まるほどの少ない荷物だ。

あとは何かあるだろうか。辺りを見渡し他に持っていくものはないか考える。

幼い頃から辛《つら》いことがあったら読んでいた大切にしている小説を手に持った。きっとこれからもいろんなことがあるに違いない。

その時はこの本の言葉たちに励ましてもらいながら頑張っていこうと決意し部屋を出た。

階段を下りるとそこに父の姿はなく、母が待っていた。

「ひまりばかり辛い思いをさせてごめんね。お母さんがもっと強かったら……離婚をして守っていけるのに……本当にごめんなさい」

父には聞こえないように母が小声で言う。私は母を優しく抱きしめた。

「今まで育ててくれてありがとう。心配しないでね。頑張ってくるから。隆生さんはきっと親切にしてくれるから大丈夫。行ってきます」

玄関から外に出ると車が迎えに来ていた。後ろ髪引かれる思いで乗車する。窓に視線を動かすと涙で顔が濡《ぬ》れている母が見送っていた。

車が発車し横浜方面へ向かう。通勤ラッシュを少し過ぎたところだが道が混んでいた。

隆生さんは仮面夫婦になろうと言っていた。私も隆生さんも会社のために結婚したのだ。運命を受け入れて生きていかなければならない。

彼に迷惑をかけないように妻としての役目を果たさなければ……。

到着したのは山下《やました》公園の近くにある高層タワーマンションだった。

元々ここは彼が所有していたマンションで、会社から近いからということで一人暮らしをしている場所らしい。

送ってくれた運転手に頭を下げて中へ入ると、コンシェルジュが待機していた。名前を告げると連絡が入っていたようですぐに通してくれた。

カードキーでオートロックを解錠し、住民専用のエレベーターに乗った。二十四階建ての最上階だ。

エレベーターを降りると扉が一つしかない。ワンフロアすべてが隆生さんの部屋ということになる。足がすくむがいつまでも廊下にいるわけにいかない。

ドアを開くと清潔感のある真っ白い玄関が広がっていて、リビングに向かって伸びる長い廊下があった。

隆生さんはまだ仕事が終わっていないようで、部屋に人の気配はない。

スリッパに足を入れておそるおそる進んでいき、突き当たり左に行くとドアが何個かあった。

右に行くとリビングルームだ。

三十畳近くあるリビングには必要最低限の家具しか置かれていない。大きめのテレビとソファ、そしてキッチンの近くにはダイニングテーブルセットがあった。

窓から見える景色に思わずため息があふれてしまった。きらびやかな夜景と海に反射する光。ものすごく美しい。ここに住むなんてにわかに信じがたい。

こちらには仕事で来ていたが、横浜をゆっくり観光したことはない。

よく旅行会社のパンフレットなどで見る景色がマンションの窓に広がっていた。

「……ふぅ」

緊張で私は息を長く吐いた。

父が言っていた通り隆生さんに嫌われてしまわないようにしなければとプレッシャーが襲いかかってくる。

たくさんの人の生活がかかっているのだ。今野製鉄の皆さんの顔を思い浮かべる。

ドアの開く音が聞こえ振り返ると、隆生さんが立っていた。憧れている人にはあまり近づかないほうがいい気がする。緊張で正気でいるのが難しくなるから。

「お邪魔してます……」

「今日からここがひまりの家だぞ？　『お邪魔してます』は、ないだろう。相変わらずひまりは面白い」

ふわりと笑う。笑顔を見るとほんの少し気持ちが穏やかになった。

「まず、今後のことについて話をしようと思うけれど、腹が減ったな」

「……そうですね」

心臓がドキドキしすぎていて食欲というのをすっかり忘れていた。普通だったらこの時間帯は、空腹で何か食べたいと思う時間なのにお腹が空《す》かない。

「どうしようか。何か食べに行くのもいいがデリバリーでもいいし。ちなみに俺はほとんど外食だったんだ」

「私は好き嫌いがないので、なんでも大丈夫です……」

同じ空間にいるというだけでやはり落ち着かない。私はこの先リラックスして眠ることができるのだろうか。

隆生さんのプライベート空間に足を踏み入れていると考えるだけでも、気が気じゃないのだ。

目をそらしながら発言すると彼がゆっくり近づいてくるのがわかった。視線を動かすと、身長が約三十センチも高い彼を見上げる形になった。

「ひまりは、やはり小さい」

「……副社長が大きいのではないですか」

「あはは、そうかもな。少しばかり成長しすぎたか？」

低い声のトーンが耳に心地いい。職場で聞くだけでいつも鼓膜が反応していたけれど、二人きりの空間で声を聞くと余計に素敵なのがわかる。

仮面夫婦として過ごしていかなければならないのに……。憧れている気持ちが膨らんでしまいそう……。

「よし、今日はデリバリーをお願いしよう。近くのホテルでパエリアがデリバリーできるんだけどそれでもいいか？」

「お任せします」

隆生さんはスマホで注文を済ませると、着替えをしてくると言って自分の部屋に入った。

彼はすぐにシンプルな長袖Tシャツとスウェットに着替えて出てきた。

私服を見たのはしばらくぶりだった。しかも家着は初かもしれない。目が釘付《くぎづ》けになってしまう。かっこいい人は何を着ても似合うのだ。

「いつまでそこに立ってるんだ？」

どこにいても落ち着かないので私は窓際で黙って立っていた。

「そんな怯えたうさぎみたいな目で見ないでくれよ。明日からは夫婦になるんだ」

楽しんでいそうな発言に私は眉間にしわを寄せる。

「……好きでもない人と結婚するなんて嫌じゃないですか？」

「俺、ひまりのこと好きだぞ」

ふざけてる風でもなく真剣な眼差《まなざ》しだった。

本気で付き合った人がいないというだけで、隆生さんは女性慣れしているに違いない。恋愛経験ゼロの私とそういう部分でも不釣り合いだ。

「冗談はやめてください」

「じゃあ、ひまりも敬語をやめてください」

茶化すような口調で言う。

「敬語で話す夫婦もいるけど、幼い頃から知り合いだっていうこともあるし、敬語で話しているところを人に見られるのは不自然なんじゃないかなと思ってさ」

隆生さんの言っている言葉が正当な感じがして私は何も言い返せなかった。

そもそも嫌われないようにしなければいけない。だから彼の言うことには従う。

妻というものはそういう立場なのだと、母の姿を見て学んでいる。

「こ、これからは、敬語をやめて話をするね」

「あぁ、よろしく」

私たちは握手をした。大きい手に包まれたみたいで心臓がドキンとする。

「こちらこそ。部屋の中は見たか？」

「まだ……」

「見られて困るものはないから、自由にしてもらっても大丈夫だ」

リビングから出てまっすぐ歩き一番奥にある部屋が、隆生さんの書斎だ。その隣を寝室として使っていて、更にその隣は空き部屋らしい。

「ここをひまりの部屋にして。ベッドと机と化粧台とクローゼットは置いてあるけれど、必要なものがあれば買ってもいいし」

私のためにわざわざ用意してくれていたのだろう。

「ありがとう。可愛いお化粧台」

嬉しくて思わず微笑む。振り返ると隆生さんも微笑を浮かべていた。

「気に入ってくれてよかった」

優しい声音に耳が熱くなった。

その他にバスルームと化粧室、ウォークインクローゼットがあった。

キッチンは広々としていて大きな冷蔵庫と調理器具が揃《そろ》えられている。とても綺麗なのでほとんど使っていないのかな。

そのタイミングでインターホンが鳴る。コンシェルジュからデリバリーが届いたとの知らせだ。

部屋まで運んでもらうように指示し隆生さんは玄関に行って受け取ってきてくれた。

お皿を出して盛り付けると、ちょっとしたレストランに来たかのような雰囲気になる。

パエリアとサラダとスープ。それに海の見える夜景。

まるで夢を見ているようだった。

向かい合って食卓テーブルにつき、食事を始める。

魚介たっぷりのパエリアを口に入れると美味しくて思わず頬が緩む。

「ものすごく美味しい」

「だろ？　今度ホテルに一緒に食べに行こう」

「うん」

「仕事で外で食べてくることが多いんだけど、一緒に食事ができる時はなるべく共にしたいと思っているんだ」

私はすべてに従うつもりでいたので頷《うなず》いた。

いつか誰かと結婚して手料理を振る舞うために私はひそかに勉強をしていた。だから料理を作らせてもらってもいいか聞いてみたかったけれど、自分の意見はここでは必要ない。もしも隆生さんからお願いされたらやろう。

食事を終えて食器を洗った。

一段落したところで隆生さんに手招きされ、食卓テーブルに向かい合って座る。

「会社で少々強引なことを言ってしまって悪かった。今度は逃げられたら困るとか、そんなこと言われたら嫌だよな。怖いよな」

素直に謝ってくれるところも好感度が上がる。

「姉が迷惑をかけちゃったので……。大丈夫で……大丈夫」

つい敬語が出そうになるが頑張って砕けた言葉で話すように努力をしていた。

「明日の朝までには婚姻届にサインしてほしい」

すでに隆生さんと証人の欄にサインがされているのを見て私は一気に現実に引き戻された。

「ひまりには、辛い思いをさせてしまって申し訳ないと思ってる。好きな人がいるって言ってたよな」

まるで心の中を見透かされるように直視される。

居心地が悪くなりソワソワしてしまう。感情が悟られないように必死で心を隠した。

「そいつって、俺の知ってる人？」

私は思わず唾を呑み込んだ。

「答えたくない」

隠そうとする私を見てクスリと笑う。隆生さんは長い腕を組んだ。

「わかりやすいな、ひまりは。俺の知ってる人って言ってるみたいじゃないか」

それ以上言葉を発しないほうが安全だと思って私はうつむく。

「本当にごめんな。好きな人がいるのに結婚させてしまって。恋とか愛とかそういうんじゃないかもしれないけれど、生活には不自由をさせないし、一緒にいる間は楽しい思い出を作っていきたい」

あまりにも優しい声で言ったので、私はゆっくり視線を動かした。隆生さんは穏やかな瞳を向けて笑っている。

十歳年の差があるからなのかもしれないけれど、彼に包み込まれているような気持ちになった。

仮面夫婦だが彼となら楽しい思い出をたくさん作れるかもしれない。そんな小さな期待の種が胸に植えられた。別れの日が来るまで毎日を大事にしよう。

「不安なこととか、困ったことがあれば遠慮しないで何でも言ってほしい」

どこまでも私のことを気遣ってくれる言葉に胸が熱くなってくる。それと同時にどうしても拭えない心配があり口を開いた。

「大手企業の御曹司である隆生さんの妻という役目が私に務まるのかな」

「ひまりは誰よりも適任だと思っている。俺の仕事をすぐそばで見ていた人だし。それに頭もいい。幼い頃からいろんな作文の賞を取っていたし、礼儀も正しかったし。うちの両親もひまりのほうがいいとここだけの話言っていたんだ。だから大丈夫だ。心配することはない」

隆生さんはにっこりと笑った。

「先に風呂に入るか?」

「いいえ。これを書いてからじゃないと落ち着かないから」

婚姻届に視線を移して言った。

「もしよければ、先に入ってきて」

「わかった」

隆生さんはバスルームへと消えていった。

婚姻届を手に持ってみる。とても薄い。ただの紙切れなのに手に持つとすごく重たい気がして震えてくる。

間違わないようにゆっくりと自分の名前の記入欄を埋めていく。そして最後に印鑑を押した。

これを提出すれば書類上は夫婦となるなんて不思議な気分だ。

婚姻届を書き終えると、隆生さんがバスルームから戻ってきた。濡れた髪の毛でも素敵で思わず目をそらした。

「書いたよ」

近づいてきてまるで会社の書類をチェックするように目を通す。

「ありがとう。明日、岡田に提出させるから」

「……うん」

「それと入籍したことは友人などにも他言無用で。発表直後はメディアの取材など入るかもしれないが、ひまりは一般人だから相手にしなくていいからな」

「わかった」

「じゃあ、おやすみ」

隆生さんは書斎に戻った。

私も入浴させてもらう。パウダールームには大きな鏡があり、バスルームはかなり広い。浴槽には大人が二人で一緒に入ってもまだ余裕があるほどだ。

女性用のボディソープ・シャンプー・コンディショナーが置かれている。ここまで気を使ってくれていたなんて。隆生さんが先ほどまでここで入浴していたんだと思うと、一気に羞恥心が湧き上がり急いで上がってきた。

そして与えられた自分の部屋に入った。やっと引き締めていた気持ちの力を抜ける。

「疲れた……」

隣に隆生さんの寝室があると思ったらまたソワソワし始める。

今は書斎にいるだろうけど、何時くらいに眠るのだろう。

ちゃんと睡眠を取らなきゃとベッドに横になると姉から着信だ。

「……もしもし」

『ひまり？　なんだかごめーん。あんたが代わりに結婚することになったんだって？』

「ごめんじゃない。実家の会社に迷惑かけるって思わなかったの？」

『妹のくせにお姉ちゃんに説教？　偉そうに』

「お姉ちゃん、今回のことばかりは、勝手すぎるよ。せめて私に言ってくれたら……」

『お父さんがあんたと結婚させるなんて思わなかったのよ。だって相手は大手企業の息子よ。先方はあんたでもいいって言ってくれたのが驚きだったわ。せいぜい隆生さんに嫌われないようにしなさいね。私は恋人とハッピーに暮らすから。じゃあ』

「お姉ちゃん、今どこにいるの？　ちょっと、お姉ちゃんっ」

話している途中なのに一方的に通話が終了されてしまう。本当に勝手な姉だ。

姉が隆生さんと結婚していたら、多大な迷惑をかけていたかもしれない。

私が身代わりになって政略結婚したことが正解なのかわからないけど、彼の役に少しでも立てるように頑張っていかなければ。

「じゃあ、おやすみ」

そう言って俺は書斎に入った。パソコンの電源をつけて仕事の続きをする。

KGモーターの一人息子として生まれ、自分の将来は親に決められていると気がついた時から、感情はあまり持たないことにした。無駄なことだと思っていたからだ。

液晶が光りパスワード入力画面が出てくる。ロックを解錠。

大手企業の息子ということもあり、学生時代から女性がうざいほど寄ってきた。

大学生になり数名の女性と交際をしたが、心から好きだと思える人には出会えなかった。

＊　＊　＊

『将来はうちの会社にとって有益な会社のお嬢さんと結婚させようと思っている。お隣の今野製鉄さんは業績が芳《かんば》しくないようだ。うちの子会社にすればいろいろと利用できる。あそこの娘さんが将来のフィアンセになるかもしれないと心構えをしておきなさい』

父にそう言われてから体にも心にも力が入らなかった。

おそらく年功序列で姉の方と結婚することになるだろう。彼女はいつ見ても違う男と歩いていてあまりいい印象ではなかった。

いくら勉強を頑張っても自分が将来やりたい仕事には就けない。車は嫌いではないが、できれば宇宙に関する職業に携わってみたかった。幼い頃から空を見上げ、特に星や月を見ることが好きだったのだ。好きでもない人と結婚するのが運命なら、恋愛はしなくていい。仕事に打ち込もうとまっすぐに走り抜けてきた。

そんな中、ひまりが入社した。幼い頃から彼女の印象はいい。穏やかで笑顔が可愛くて、礼儀正しいお嬢さんだった。

彼女が小さい頃は家族ぐるみでバーベキューをしたり、お互いの家に行き来したりして遊ぶことがあったが、お互いに成長してからはプライベートではほとんど会うことがなかった。

俺は会社の近くのマンションに引っ越ししたということもあり、だんだんと疎遠になっていた。

ひまりは小柄ながらも清楚《せいそ》で透明感のある美人に成長していた。

毎朝爽やかな笑顔でお茶を出しに来てくれる。仕事もできて優秀だという話も聞くし、いずれは専属秘書になってもらうというのもいい。

そんなある日のこと、仕事で外出していて車に乗っていた。

信号で車が停車し、ひまりの姿が目に飛び込んできた。横断歩道を渡り遅れている老いた女性に駆け寄って、荷物を持ち、小さな体で老人を支えながら渡ろうとしていたのだ。

周りにいる人も心配そうに見ているが、実際に手を貸そうとする人はいない。その勇気に俺は心が熱くなった。

車を安全な場所に停《と》めてもらい走って合流した。

彼女は突然の俺の登場に驚いていたが、協力して老人を助けることができた。

ひまりはお使いを頼まれていて、外出中だったとのこと。

今までは可愛らしい女の子として見ていたが、それから俺は一人の大人の女性として目で追うようになっていた。

小さな体で高いところの書類を背伸びして取るところとか、穏やかな笑顔で挨拶するところとか、一つ一つの行動が可愛いと思うようになった。

淡い恋心を抱いていたが、自分は親が決めた人と結婚をする運命なのだと考えないようにしていた。

しかも結婚するとなれば相手は彼女の姉だ。切なくて苦しい結婚生活になるかもしれないと予想していたが、それでも親の決めた道を歩くしかないと諦めていた。

そんな俺がひまりに決定的に恋に落ちてしまったのは、会社の創立記念パーティーの日だった。

その日は仕事が立て込んでいて体調があまりよくなかった。

しかし立場的に出席しなければならず、挨拶をしいろんな人と話をしながら時間を過ごしていた。

どうしても気分が悪くなって会場から出ると、ひまりが追いかけてきたのだ。

『副社長……大丈夫ですか？』

『あぁ……気分が悪くなったんだ』

ひまりは俺の体を支えて休憩室に連れて行ってくれ、ソファに寝かせて冷たい水を持ってきた。

心配そうに俺のことを見つめる表情を見て、勘違いしてしまいそうになった。

もしかして俺のことが好きなのか？

『矢口を呼んでくれ』

『お忙しそうだったんで……』

専属秘書だというのに何が忙しいというのか。

ひまりに理由を問いただすと、言いにくそうに彼女は口を開いた。

矢口は参加者の男と話すのに夢中だったそうだ。俺の体調が悪そうだと気がついたひまりが知らせようとしたが、タイミングがつかめなかったという。

そこで出しゃばってはいけないと思ったけれど、心配で声をかけたというわけだ。

『でも気がつかなかったからといって矢口さんのことを責めないでください。いつも優しく仕事を教えてくれるんです』

こんな時まで人のことを気にかけることができる素敵な女性だと思った。

『副社長、先ほど確認したのですが、これからのプログラムではお帰りになっても支障がないと思いますので、今日は無理せずにご自宅に戻られたほうがよろしいかと』

ソファに寝ている俺に視線を合わせるため膝をついて話をしてくる。

今日はひまりの言う通りにしようと思って家に帰ることにした。

次の日には体調が戻り出勤したが、間もなく矢口は退職するとの話が出てきた。

そういうことだったのかと納得した。そこで学生時代からの友人の岡田に声をかけて、専属秘書を頼んだ。彼は大学時代の後輩で俺のことを慕ってくれていて、入社してくれた。

後日、体調を気にかけてくれたひまりにお礼をしようと、副社長室にお茶を届けに来てくれた時に食事に誘うことにした。

『この前は助けてくれてありがとう。お礼をしたいのだが、二人きりで食事に行くのはダメか？』

『えっ、いえ、そんなっ……。お礼なんて大丈夫です！』

全力で断られてしまった。

俺の誘いを断る人なんて今までいなかったから、それがまた珍しくてどんどん心が奪われていた。

そんな時に父にひまりの姉と結婚するようにと指示をされたのだ。

『……妹のひまりさんではダメですか？』

『あぁ、先方が頑《かたく》なに頭を縦に振らない。人見知りがすごくて将来の社長夫人としては務まらないと言い張るのだ』

『そんなことありません。一緒に働いていて問題ないですし、むしろ彼女には芯があり、コミュニケーション能力が優れていると思います』

父も彼女の姿を見ていたので、ひまりの性格を理解をしているようだが、それでも先方との契約の関係もあるからと許してくれなかった。

『隆生……お前の運命を受け入れてくれ。父さんもそうだったが、母さんと結婚してお前が生まれてよかった』

絶望的な気持ちだった。

やはり俺は親の敷いたレールの上しか歩くことができないのか。情けない。

芽生えてしまった恋心を摘んで捨てなければならないのだ。

一人の人間として男としてどうなのだろうか。

しかし、この大企業を継ぐ立場としては、無念だが、仕方がないのかもしれない。

そうやって会社を守り大きくしてきたのだから。

結納の時も俺はひまりのことばかり見ていた。

桜色の訪問着に身を包み、背筋を伸ばして、笑顔を浮かべながら相槌《あいづち》を打っている姿が素敵だった。

『隆生さんの伴侶として姉の加奈子は明るくて健気なのでピッタリです。一方の妹のひまりは、劣るところが多いもので親としても心配してます。いやぁ、隆生さんの相手が加奈子でよかった』

こんな席で実の娘のことを悪くいう親がどこにいるのかと驚いた。

『そんなことないですよ。ひまりさんは幼い頃から作文コンクールで入賞して表彰されたりしていましたし、近所でいつ会ってもきちんと挨拶してくれました。我が社でも優秀な社員で将来が楽しみだと皆、言っております』

咄嗟《とっさ》に庇ってしまった。

その時のひまりの父と姉の表情が固まったのは今でもはっきりと覚えている。

正式に婚約し、加奈子とウェディングドレスの衣装合わせに行った日があった。彼女は注文が多くわがまますぎだった。

女性は一生に一度しかドレスを着ないからこだわるのはわかるが、あれはひどかった。注文の仕方も上から目線というのか、どこかの威張った貴族の娘かと思うほどの口調だった。

そんな姿を見ていて、好きでもない人と結婚する苦しみを想像した俺は、この先の未来に嫌気がさしてきた。

会社のために自分の人生を犠牲にしなければならない。

コメンテーターの仕事も気乗りしないが、父の代からやっていることなので引き継がなければならなかった。

グラフにすると右肩下がりみたいな人生だったが、加奈子からある時メッセージが届いた。

『私はあなたと結婚できません。しばらく旅に出てきます』

たったそれだけのメッセージだった。

これは大変なことだとすぐに父に連絡した。

今野製鉄へ事情を説明してもらうことになり、父と向かうことになった。本来であれば出向いてもらうべきだが、うちの会社にはひまりがいる。

余計な噂を立てられても迷惑だし、込み入った契約の話もしたかったので行くことにしたのだ。

コメンテーターの仕事を終えて会社に戻る予定を変更し、今野製鉄へ向かう。

この結婚の話がなくなれば気持ちがすごく楽になる。子会社にする予定だったのでそこは狂ってしまうが。

そう思ってため息をつきながら窓にふと視線を動かす。

そこで俺は、大チャンスなのかもしれないと思いついた。

姉がダメなら妹に身代わりになってもらえばいい。

そうすればひまりを自分のものにできる。邪《よこしま》な考えが浮かんだ。

彼女を誰にも渡したくない。しかし正々堂々と誘うと断られてしまった。

こんなやり方で彼女を自分のものにするのは申し訳ない気がしたが、初めて自分の中の欲望を抑えきれなかったのだ。

今野製鉄に到着すると応接室に通された。

今野社長は顔を真っ青にして、ずっと頭を下げ続けていた。

『どうか……！　うちの会社を助けてください』

俺の心は決まっていたが、すぐに返事をするのは自分の父の面目を潰すことになってしまう。あくまでも仕方がないという風に提案をした。

『加奈子さんに嫌われてしまったというのは、自分にも責任があります。申し訳ありません』

『いえ、隆生さんには何も非はありません』

今野社長は慌てて否定をしていた。俺はあえて困ったというような表情を浮かべた。

『では……妹さんをいただくというのはどうですか？』

父がナイスな提案をした。

『あんな出来の悪い娘でいいのでしょうか？』

恐縮しながら言っているようだが、その言葉に腹立たしさを覚えた。自分の娘をそんな言い方するなんて許せない。

今すぐ自分のものにしたいという気持ちが湧き上がった。

『俺は構いません。ですが、今回は逃げられたら困りますので、明日から自分の家に住まわせます。そして明後日には婚姻届を提出するということでいいですか？』

思わずそんな言葉を言っていたのだ。

『もちろんです。会社を助けてくださるのであれば、煮るなり焼くなり何でもしてください』

俺は思わず睨みつけていた。

『愛があってもなくても、妻にする人間を無下にはしない。俺と結婚してよかったと思わせるつもりですから安心してください』

そうして俺とひまりの結婚は決まったのだった。

ところが次の日、ひまりは何も聞かされていなかったようで。

動揺している姿を見てかわいそうでならなかった。もしかしたら心に決めた人がいたのかもしれないと質問をしてみた。

『もしかして、好きな男でもいたのか？』

『え？　あ、は……はい……』

　その答えを聞いた時今までの人生で一番落胆したかもしれない。ただ交際はしていない彼女の片想《かたおも》いらしい。

　いずれは離婚することも視野に入れていいと言ってしまったが、俺のことを好きになってもらえるように努力していくつもりでいる。

＊　＊　＊

　何時に起きればいいのかわからない。とりあえず五時にアラームをセットした。

　目を覚ますとリビングに気配を感じ、コーヒーの香りが漂ってくる。

　朝起きると体が冷えている。いつものことなのだ。

　ブランケットを肩に羽織って部屋から出た。

　そっと覗《のぞ》くと隆生さんが新聞を読んでいる。その姿を見ているだけでも美しい。

　それにしても、この部屋から見える景色は最高だ。

　夜景も綺麗だったけど、青空が広がっていて海が穏やかに見えてとても素晴らしい。

　立ち上がって窓に移動し太陽の光を浴びながらストレッチをしている。見惚れている場合ではない。

かなり朝早く起きているのだと知って寝坊したと焦る。

「おはようございます」

「おはよう。もう少しゆっくり眠っていてもいいんだぞ？　職場も近くなったんだし」

「そんなわけにはいかないわ」

彼は柔らかく微笑んだ。

「気持ちだけで充分だ」

「それにしても早起きなんだね」

「あぁ、朝のワイドショーにコメンテーターとして呼ばれることが多いから、いつ声がかかっても起きるのが辛くないように」

こちらに近づいてきた。

「ひまりもコーヒー飲むか？」

「ありがとう。自分でやるから大丈夫だよ」

「遠慮するな」

マグカップにコーヒーを注ぎながら話しかけてくる。

「結婚が公《おおやけ》になったら一緒に朝ランニングするのもいいな。いつまでも健康で長く一緒に過ごせたらなと思ってさ」

さり気ない言葉なのに、私たちのこの生活が永遠に続くような言い方だった。

隆生さんにとって深い意味はないだろうけど、嬉しくて私の頬は思わず緩んでしまいそうになった。

マグカップを受け取ってソファに腰かける。

「今日、婚姻届を出して来てもらうから」

「うん。まさか隆生さんと夫婦になるなんて思わなかった」

人生何が起きるかわからないものだ。

「たしかに」

隆生さんはコーヒーを一口飲んでクスッと笑った。

「私、身代わりに結婚した立場で言うのもおかしいかもしれないけど、ご両親に挨拶をさせてもらえないかな……」

そう言うと彼は驚いたように目を見開いた。

「実は今その話をしようと思っていたところなんだ。俺とひまりは気が合うんじゃないか？」

「……そ、そうだね」

予想外に嬉しいことを言ってもらったけれど、あからさまに感情を出すのは違う気がして私は曖昧な返事をした。

「今夜、両親も都合がいいみたいだから連れて行きたいと思っていたんだ。仕事が終わったら行こう。六時頃終わらせるから会社の近くで待っていてくれないか？」

「うん、わかった」

今回の場合、私は身代わりということで急遽《きゅうきょ》決まった結婚。

だから順序が逆になってしまったのは仕方がないが、挨拶できるということで安心する。

「家のことは家政婦が週三回入ってくれるから心配することない」

「そうなんだね」

「どうした？」

発言をするのはダメなこと。だから言いかけた言葉をしまい込んだ。すると隆生さんは「言いたいことがあったらはっきり言ってくれ」と言うのだ。

「もしよかったらキッチンを使って料理をしてみてもいい？」

隆生さんが当たり前という素振りで頷く。

「自分の家だから気を使うな」

「帰ってきてお腹が空いていたら、遠慮なく食べてね。口に合うかわからないけれど」

そんな言葉を言ったら重たいと思われるかもしれない。しかし彼は優しい目をしていた。

「あぁ、ひまりの手料理を楽しみにしている」

頭をポンポンと撫《な》でられた。

そのせいなのかカフェインを飲んだせいかわからない。私の眠気は一気に吹き飛び覚醒し始めた。

まるで新婚の夫婦みたい。頬が熱くなる。でも、ぼうっとしている場合ではない。

気持ちを切り替えて立ち上がる。

「隆生さん、朝ごはんは？」

「食べてから出勤する」

「準備するね」

「それくらい自分でやるから」

立ち上がろうとする彼の肩をふわりと押さえてキッチンに行く。パンをトーストにしている間に簡単なサラダを用意した。

「できたよ」

テーブルについて一緒に食事をするなんて新鮮だ。

「隆生さんは、朝、トースト派なんだね」

「ひまりは？」

「私はこだわりはないの。母が出してくれたものを食べていたから。もし朝に何か食べたいものがあれば気軽に言ってね。作るから」

「ありがとう。ごちそうさま」

食器を片付けようとした手を止めて私がやると言った。

「じゃあ甘えようかな。少し早いけど出勤する」

そう言って立ち上がりジャケットを羽織る。

「車で一緒に行くか？」

私は首を横に振る。

「バレちゃうよ」

「そうだな。気をつけて出勤するんだぞ」

見送るため玄関まで一緒に行く。

靴を履いた彼がこちらを向いた。至近距離で瞳が絡み合い息を呑む。

「いってきます」

「いってらっしゃい」

ドアが閉まった後も私は自分の心臓の鼓動が耳の奥で聞こえていた。

このまま一緒に暮らしていたらどんどん好きになってしまいそうで怖い。

隆生さんはただただ優しい。私が特別だからではなく誰にでもそうなのだ。

キッチンに戻り食器を洗い終え掃除をしようと思ったが元々綺麗なので、少しするだけで終わってしまった。

そのうちに私の出勤時間もやってきたので、準備をして家を出た。


いつものように出勤をしてお茶の準備をする。副社長室に行きドアをノックすると声が聞こえてきて、中に入った。

隆生さんの視線がこちらに向いた。たった一日一緒に過ごしただけなのに距離がぐっと近くなったような気がする。

「無事に出勤できたんだな」

「ちょっと迷っちゃったけど、近くなったからすごく楽だった」

昨日の今頃、彼が私と結婚すると聞かされて頭が真っ白になっていた。

それが本日中に婚姻届が提出され私たちは夫婦になる。

「心配だから明日からは一緒に来ないか？」

「そんなに心配しないで。私も一応、大人だよ。では失礼します」

頭を下げて副社長室を退室した。

会社で敬語でなく話すなんて変な感じがする。

結婚したと情報解禁になるまでは絶対にバレないようにしなければならない。

仕事が早く終わった私は、隆生さんのご両親への手土産を用意しようとデパートに向かう。

ランチ中にスマホを確認すると隆生さんからメッセージが入っていて、無事に私たちの婚姻届は受理されたとのことだった。

これで私は戸籍上では彼の妻になったのだ。にわかに信じがたい。

将来社長になる夫の妻として、役割を果たしていかなければならないというプレッシャーに襲われる。

彼の家族は跡取りを一日も早く作ってほしいはずだが、実は恋人ができた経験がない。キスやその先も未経験だ。

幼い頃から隆生さんに心を奪われていたし。

でもこの気持ちが本当の恋なのかはわからない。ただの憧れという可能性もある。

付き合ってから芽生える愛とか、想像もできないのだ。

せめて大人としての経験を積んだほうがいいと友人に言われたが、好きでもない人と触れ合うなんて想像するだけで気持ちが悪い。

子供を作る行為まで私は耐えられるのか。隆生さんに引かれないかと懸念している。

デパートに到着し、食べられるものがいいかなと選ぶことにした。

四月ということもあり、桃色のお菓子が多かった。可愛らしいクッキーセットを購入する。

まだ少し時間があったので化粧室に行き化粧直しをして髪の毛をセットした。

もうすぐ隆生さんも仕事が終わると連絡が入ったので、駅の近くで待っていた。

社会人として働いていた期間はたったの一年。あと五ヶ月で終わってしまう。

いろんな方と交流しサポートをさせてもらい、貴重で楽しい時間だった。

残りの期間も悔いなく働いてたくさん思い出を作らせてもらおう。

隆生さんを乗せた車がやってきた。運転手に頭を下げて、隆生さんの隣に座った。

「美しいな」

「明日も天気がいいかも」

夕日が綺麗だと言っているのだと思い私は賛同した。

「空もだけど、ひまりが」

私にしか聞こえない小さな声で言う。空耳かと思って彼の瞳を見ると射貫くように
こちらを見ていた。

どんな反応をしたらいいのか困る。聞こえなかったふりをして窓に視線を動かした。

横でクスクスと笑っている声が聞こえる。からかって楽しんでいるのかもしれない。

「星とか、空が好きでさ」

「そうだったんだ」

「あぁ。せっかく実家の近くへ行くんだから何か必要なものを取ってくるか？」

普通であれば喜ぶのかもしれない。しかし私はあの家に足を踏み入れたくなかった。

母には会いたい。母となら話をしたい。でも父は顔も見たくない。

できることなら、永遠に会いたくなかった。親なので感謝しようと何度も試みたが
無理だった。

「いいえ、寄らなくて大丈夫です」

思わず彼の前で笑顔を消してしまったことを反省し、にっこりと笑った。

私の実家の隣にある立派な地下一階から四階建ての一軒家。

ガレージには高級車が数台あり、客間から車を眺めることができる。近所でも有名な大豪邸だ。

地下にはミニシアターがあり、二階に上がっていくと広いダイニングリビング。幼い頃に何度か遊びに行かせてもらったことがあった。

大きなグランドピアノもプールもあったし、屋上にはバーベキューするスペースもあり、まるでテーマパークみたいだと思っていた。

緊張しながら玄関に立つと奥様が出迎えてくれる。

白いカットソーとふんわりとしたスカートで、ふわふわとしたスリッパ。

肩のあたりで髪をカールされていて、目鼻立ちがはっきりしている美しい人だ。

大手広告会社の社長令嬢だったという奥様は、根っからのお嬢様という感じで品がいい。

「隆生、おかえり」

「ただいま」

息子に声をかけてから私に視線を向けてくる。

「ひまりさん、ようこそ」

「お邪魔します。こちらつまらないものですが」

手土産を渡すとにっこりと笑って受け取ってくれた。

「まあ、もう家族なんだから気を使わなくてもいいのよ。でもありがとう。大切にいただくわね。さぁ、どうぞ」

階段を上り、ダイニングリビングに案内される。

小さなエレベーターも完備されているのが見えた。さすがに大豪邸だと感心してしまう。

「あなた、ひまりさんが見えたわよ」

リビングに入る前に室内を覗くと、大きなソファとテレビそして美術品がさり気なく飾られていてモデルルームのような部屋だった。天井にはシャンデリアが輝いている。

ソファでくつろいでいるのは、隆生さんの父でありKGモーターの社長だ。会社でお見かけするのでどうしても社長という気持ちが拭えない。

「父さん、ひまりを連れてきました」

「ようこそ」

「お邪魔します」

両親が並び、私は隆生さんの一歩後ろに立つ。

「ひまりさん、突然のことだったのに黒柳家に嫁いでくれてありがとう」

お義父さんが柔らかな笑みを浮かべてそう言った。

彼からすればお互いの家の利益になるから私たちを結婚させたのだろうが、こちらとしては子会社にしてもらったおかげで大勢の社員の生活が守られ感謝している。

「こちらこそお力添えをいただきありがとうございます。至らないところもあると思いますが、どうぞいろいろと教えてください」

深々と頭を下げた。

「ひまりさん、そんなに気を使わないで。私たちはあなたが来てくれたことがすごく嬉しいのよ。隆生のことよろしく頼みますわね」

私は笑みを浮かべるしかなかった。どんな反応をするのが正解なのかわからない。

「今日は結婚のお祝いですから、心を込めてお料理したのよ。まずはご飯を一緒に食べましょう」

広々としたダイニングテーブルにつき、私たちはビールで乾杯をした。

テーブルには次から次へと料理が並べられる。

「手作りなの。お口に合うといいのだけど」

「ありがとうございます」

色とりどりの野菜サラダ、味が染み込んでいそうな肉じゃが、大ぶりのえびを使ったエビチリ。きゅうりとわかめの酢の物。綺麗に焼かれただし巻き卵。

食べきれないほど奥様の手料理を振る舞ってもらった。どれも美味しくて緊張が和らぐ。

デザートまで手作りのケーキだった。

隆生さんの幼い頃の話も聞かせてくれて、両親は大満足そうだ。

「ずっと恋人を連れてこなかったから心配だったんだ。これでもう安心だな」

「父さん、心配かけて申し訳なかったです。これからは親孝行していきます」

「その言葉、忘れないぞ」

明るい雰囲気で会食会は進んでいったが、最後にはやはり孫の顔を楽しみにしていると言われた。

「プレッシャーはよくないけど、赤ちゃんの顔を見れる日を心待ちにしているわ」

私はニコニコしていたが内心は気が気じゃなかった。

しかし心配ばかりしていても仕方がない。もうここまで来てしまったらなるようにしかならないのだ。

食事を終えたのは夜の九時過ぎだった。

今日は泊まって行きなさいと義母が言ってくれたが、隆生さんが断った。

「結婚して初めての夜が実家っていうのはちょっとムードがない」

「あら、そうね。二人ならきっと仲よくやれると思うわ」

余ったおかずを保存容器に詰めて紙袋に入れて渡してくれた。

車が迎えに来ていて、私たちは頭を下げてから乗車した。

利害関係があるというのは承知だが、美味しい料理を食べて、好きな人の子供だった頃の可愛いエピソードを聞かせてもらって満ち足りた気分だった。これが本当の結婚だったらどれほど幸せだったろうと思う。

「疲れたか?」

「大丈夫。緊張したけどね。楽しかったよ」

「そうか。ありがとう」

自宅に戻ってきたけれど、新婚だったけれど、初夜だったけれど、私と隆生さんは別々の部屋に入った。

切なくて悲しい気持ちを抱きしめるように布団に身を包んだ。

次の日、今夜は早く帰ってくることができそうだと言っていた。

私の仕事も定時で上がることができたので、手料理を作ることにした。仕事を終えてスーパーに寄ってから家に戻ろう。

義母のように上手《うま》くはないかもしれないけれど、家庭料理で育った人であるなら家庭的な料理が食べたいのではないか。

今私ができる自分なりの心配りだった。

材料を買い込んで家に戻ってきてせっせと料理を始めた。

ミートソーススパゲティとポテトサラダとコンソメスープ。そんなに手の込んだものではないけれど完成し、息を吐く。

スパゲティは帰ってきてから茹《ゆ》でて、ソースをかけることにしよう。

出来上がったものを見て余計なお世話なのではないかと不安が襲ってくる。私が作った料理なんて、食べたくないかもしれない。

「……またやってしまった」

物事を悪い方向に考えてしまう癖、いい加減にやめたい。

一人になると『お前はダメだ、ダメな子なんだ。どうしてお前はそんなにダメなんだ？　頭が悪すぎるんだ』と父の声が脳裏に蘇《よみがえ》る。

聞きたくなくて、忘れたくて私は耳を手のひらで覆った。

父から離れて暮らせているのだから、もっと心に余裕を持たせたい。

ぼんやりとしていると母からメッセージが届く。

『ひまり、元気にしていますか？　困ったことはない？』

「お母さん……」

『大丈夫。隆生さんはすごく親切でいい人だよ。お母さんはお父さんにいじめられてない？』

『お母さんの心配はしなくていいから、辛いことがあったらすぐに連絡してね』

母はものすごく優しいが父が強すぎて何も言うことができない。言葉の暴力も日常的に浴びせられていた。いつも私が母を助けていたけれど、大丈夫だろうかと心配になる。

しかし今はここから出ることもできず、母が穏やかに暮らしていますようにと願うしかできなかった。

ふと視線を動かすと窓からは横浜の夜景が広がっていた。

愛されての結婚でなかったとしても、あの父から離れて暮らすことができるので幸せだと思うべきだ。

夜の七時頃に帰宅する音が聞こえ玄関まで迎えに行く。

「おかえりなさい」

「ただいま」

スリッパに足を入れ洗面所へと向かい手洗いとうがいをしている。

「隆生さん、食事は？」

「まだ」

「じゃあ、簡単なものなんだけどもしよかったら一緒に食べない？」

「ありがとう」

私は頷いて早速テーブルに食事を並べた。興味がありそうに準備しているところを見てから隆生さんは腰をかける。

「うまそうだ」

「食べてみて」

「いただきます」

フォークとスプーンを使って器用に丸めてパスタを口の中に入れる。咀嚼《そしゃく》して何度も頷き、瞳を輝かせてこちらを見ていた。

いつもしっかりしていて誰もが認める優秀で素敵な男性なのに、子供のような一面を見て胸がときめいてしまった。

「美味しい。ひまり、料理上手なんだな」

「実家にいた時はお手伝いをすることが多かったんだ。喜んでくれて嬉しい」

「こちらこそ、ありがとう」

温かくて柔らかい空気が流れている。

でも身代わりの私が穏やかな気持ちで過ごすなんて許されない。強い罪悪感に苛《さいな》まれる。

「ひまりの料理、本当に美味しい。幸せだ」

「こんなんで喜んでくれるならいくらでも作るよ」

「それはありがたい。俺からも何かお礼をしたい」

「妻……なら、当たり前のことをしただけだから気にしないで」

自分の口から妻というのはおこがましいかもしれない。ハッとして目を見た。

「俺は妻だから夫だからという理由で、やらなければいけない仕事はないと思うんだ。お互いに感謝の気持ちを持って歩み寄っていくことが大事だと考えている」

「素晴らしい考えだね」

楽しく会話をしながら食事をしていたけど、私が作ったから無理に食べてくれているのではないかなと心配になってしまう。

「好きで料理をさせてもらったの。だから食べてくれるだけで嬉しい。食べたくない時は無理して食べなくてもいいから」

「無理なんて」

意見を言うのは悪いことだと教え込まれている。ついつい自分の気持ちを伝えてしまったことで、胃の辺りがキリキリと痛む。

「ごめんなさい」

「なぜ謝るんだ？」

私は自分のお腹を抱え込んで顔をしかめた。

「ひまり？」

立ち上がった彼が心配そうに近づいてくる。

「どうしたんだ？　具合が悪いのか？」

「ごめんなさい……。ちょっと休んだらよくなると思うから」

その場にいることができなくて、自分の部屋に逃げた。隆生さんが話しやすい雰囲気を作ってくれるからついつい自分の気持ちを口に出してしまうのだ。身代わりで結婚しただけの私が自分の話したいことを自由に話すなんて間違ってる。

深く反省しながら夜が更けるのを待った。


籍を入れてから初めての土曜日。

「今日は連れて行きたい場所がある。一緒に出かけてくれるか?」

「もちろん」

準備をしてマンションを出ると迎えに来ていた車に乗った。

そして連れられてきたのは新幹線だった。行き先は愛知県だ。

「駅弁でも買っていこう」

「うん」

どこに行くのかわからないけど、楽しみになってきた。グリーン車に並んで座る。

しばらくすると新幹線が動き出す。

「久しぶりに新幹線乗ったなぁ」

「本当は車でゆっくり行きたかったが明日も予定があって」

忙しいのに時間を取ってくれたのだ。ありがたい。

駅弁を食べて景色を見ていると、あっという間に名古屋《なごや》駅に到着した。タクシーに乗って道を進んでいく。

一体、どこに行くのだろう。

連れてきてくれたのは、ＫＧモーターが所有しているテストコースだった。

発売される前の車が安全に運転できるか実験されている場所である。イベントがある時は一般人も入ることができるが、なかなか機会がないので貴重な経験だ。

「いつもそばで働いてくれているけれど、ひまりにはここも見てほしいなと思って」

「貴重なところにありがとう」

土曜日だったが、たくさんの社員が働いていた。

ねぎらいの言葉をかけつつ、私と隆生さんは場所を移動し格納庫に入らせてもらう。

そこには磨かれた車が何台も置かれていた。モーターショーとはまた違った感動を覚える。

「生まれたての子供……みたいな気持ちなんだ」

まさにそんな感じがした。いろんな人の手によって生まれた車たち。

「これが、うちが早くから開発した電気自動車」

ホームページでは見たことがあり、注目されている車種だと聞いたことがある。

「様々な問題があり、商品の実現化には時間がかかった。今も開発を続けている。走行時の二酸化炭素を減らし、地球温暖化問題に企業として本気で取り組んでいくつもりでな。この地球を守っていきたいと思っている。そうすることで大切な人の未来を守っていくことができると信じているんだ。企業として重要なことを忘れたくないと、たまにここに顔を出すようにしている」

真剣に語る彼の横顔を見て私は胸の奥が温かくなった。自分の仕事をして情熱を持っている姿がすごく素敵に見えたのだ。

オフィスで彼が一生懸命働いているところを見ていたけれど、車に対してどんな思いを持っているかというのは間近で話を聞いたことがなかった。

歴史ある世界的に有名な企業の一人息子である隆生さんが、お客様や地球に対して思っている気持ちや行動を陰ながら支えていきたい。

それ以外に私にできることはあるのだろうか。

隆生さんは視線を私に移した。

「同じように、ひまりの人生も未来永遠に大切にしていきたいと思っているから」

「ありがとう」

それ以上言葉が出てこなくて私は黙ってしまった。

そのことを伝えるためにわざわざここまで連れてきてくれたのだ。その隆生さんの温かさに感動を覚えた。

せっかく名古屋に来たからということで、味噌煮込《みそに》みうどんを食べてから帰る。

仕事を含めてだったけれどまるでデートをしているようで素敵な一日だった。

そして隆生さんのことをもっと身近に感じた一日でもあった。

第二章　二人での旅行

結婚生活を送るようになってから二週間が過ぎた。

朝食は一緒に食べて、夕食は時間がある時は私の作った手料理を食べてくれる。

『すごく美味しくて本当は毎日食べたい』

まるで本当の夫婦のような甘い言葉を言われた。

隆生さんはたまに歯が浮くようなセリフを口にすることがある。

「しばらく忙しいから海外へ新婚旅行は難しいけれど、休みの日は行きたいところに一緒に行こう」

夕食を終えてキッチンで洗い物をしていると、近づいてきた隆生さんがふいに言った。

突然のことだったので驚き、言葉に詰まる。

シャーシャーと水道の流れる音だけが響く。

政略結婚であるので、夫婦らしいことはしないものだと思っていた。ただ、子作りは必須だけど……。

もしかして急にそういう行為に及んだら、私が傷つくかもしれないとでも考えてくれているのだろうか？　隆生さんは優しいのでその可能性もありえる。

「ひまり？」

「あ、うん……ありがとう。考えておくね」

まだ結婚したことを口外できないから、誰にも相談できない。

『仮面夫婦を演じていこう。どうしても耐えられないなら、いずれ離婚してもいい』

その言葉が頭の中で何度もリピートされる。

離婚を意識しながら生活するなんて体と心に悪そう。

子供ができて離婚したらきっと私に親権をもらうのは無理だ。あちらが有能な弁護士を雇って私が不利なように動くに決まっている。

結婚した人なのに疑心暗鬼。笑顔を作っているけど心の中で何を考えているのかわからない。

もしかしたら隆生さんも父のように私を……。

「俺はドライブしたい」

「あ、うん、いいね」

副社長ということもあり万が一事故を起こしてしまっては大変なので、自分ではあまり運転しないようにしているけど、本当は自分で運転するのが好きらしい。

心配そうに覗《のぞ》き込《こ》み隆生さんが手を伸ばしてくる。思わずまぶたを強くつぶった。

隆生さんの大きな手のひらが私の額に触れつぶやく。

「熱はなさそうだ。体調悪いか？」

「だ、大丈夫」

「そんな赤い顔をして大丈夫なわけがない」

「ちょっと、暑かっただけ」

「無理するなよ」

「ありがとう。先にお風呂に入ってきて」

隆生さんはバスルームへと消えていく。

それを見送って私は大きなため息をついた。彼は過保護だ。

十歳も年の差があるし保護者のような感覚なのかもしれない。

彼が私を万が一好きになったら……。

ありえないハッピーエンドを想像して、切なくなる。

食器を片付けると私はソファに座りお気に入りの本を手に持って読書を始めた。

しばらくして、頭を拭きながら戻ってきた隆生さんが私の隣に座る。

「何読んでるんだ？」

「小説。小さい頃からこの本に励まされてきて」

「どんな内容なの？」

「言葉の話せない女の子が心の中でいろんな感情を抱いて、自信がなかったり不安だったりするんだけど、たくさんの出会いがあって。そしていつしか自分を自分で励ませるようになっていく素敵な物語」

この小説に出てくる舞台は北海道《ほっかいどう》。

ヒロインは北海道の美しい景色を見て、自分の悩みは本当に小さいものだと思えたのだ。

「この小説にね、北海道の美瑛《びえい》が出てくるの。主人公がそこに旅をして心がすごく変わっていくの。行ってみたいなって」

家族旅行することになり、どこに行きたいか聞かれたことがあった。

私は迷わず北海道と答えたのだけど、姉は『そんな寒いところなんて行きたくない』そう言って跳《は》ね除《の》けた。

きっと北海道が嫌いなわけじゃない。私という存在が気に食わなくて、私の意見を採用したくなかったのだろう。

結局その時は沖縄《おきなわ》に行くことになった。

沖縄の空や海の色はとても美しくて、素晴らしい場所だったけど、できれば北海道に行きたかったと心の中で思いながら旅をしていた。

そんな悲しい思い出は隆生さんに話す必要ない。

私の隣で隆生さんはスマートフォンをいじり始める。こんなくだらない話を聞いてもつまらないだろう。

しかも自分の気持ちを自由に伝えられる立場ではないのだ。妻として子供を作ることがここに嫁いだ使命なのである。

楽しもうとか、思い出を作ろうとか、そんなこと思ってしまった自分を戒める。

「ごめんなさい……っ」

「何で謝る？」

鋭い視線を向けられた。唇が震えてうまく言葉が出てこない。

「だって……」

「あのさ、俺、気になってたんだよな。いつも怯えてるというか。俺のことそんなに怖い？」

慌てて首を振る。そんなつもりなんてなかったのに嫌な思いをさせてしまったことでまた罪悪感を覚えた。

「そんなつもりじゃなくて」

「俺のことが怖いわけじゃないんだな」

「うん、怖くない」

「それならいい。何か……あったのか？」

思わず父にされてきたことを話しそうになったが、言葉を呑み込む。

あんなにひどい人でも親なのだ。親を悪く言うのは裏切るような気がするし、口にするのも怖い。

隆生さんは震える私の手を優しく包み込んでくれた。

「ごめん。話したくないこともあるよな。無理には聞こうとしないから、俺に話してもいいと思ったら何でも話して」

「……うん」

彼の瞳があまりにも優しかったからすがってしまいたくなった。子供の頃から経験してきた辛いことを全部吐き出したくなった。

でもこんな話を聞いたって反応に困ってしまうだろうから、今は黙っていることにしよう。

心配そうな表情をしていたが彼は微笑んだ。そしてスマートフォンの画面を見せてきた。そこには飛行機のチケットが表示されている。

「え？」

「今週末、一泊しかできないけど美瑛に行ってみよう」

「いいの？」

「日数が少なくて申し訳ないけど、新婚旅行」

突然のことだったので驚きすぎて言葉が出ない。彼の行動力に尊敬の眼差しを向けてしまった。

それに私の願いを叶《かな》えようとしてくれることに胸が打たれた。隆生さんってすごく優しい……。

「本当は五月過ぎた後のほうが綺麗なのかもしれないけど、今は一日も早く二人で旅行したい気分だったから」

穏やかな顔をする。

仕事場ではいつも引き締まっていたから、こんな表情を見れるのは貴重だ。一緒に住んでいる特権である。

「ありがとう」

「レンタカーでゆっくり行こうか」

「うん」

嬉しくて思わずテンション高く返事をした。

「行きたい場所調べておいて」

彼は私の頭を撫でて自分の部屋に入った。隆生さんの優しさに心が救われる。

身代わりの結婚で気持ちが沈むことが多かったけど、彼が親切にしてくれるから前を向いて過ごすことができていた。

＊　＊　＊

最近、副社長の結婚が話題になっている。

三十三歳で結婚適齢期とか言われていて、そろそろ結婚が近いのではないかと話されているのをよく聞くのだ。

今日も社員食堂で先輩とランチをしていると、後ろから噂話《うわさばなし》が聞こえてきた。

彼女は受付に勤めている静井《しずい》里奈《りな》。中小企業の社長令嬢らしい。

すらっとしていて背が高くて、顔が小さくて髪の毛が綺麗にまとめられていて、男性社員の注目の的だった。

「私はいろんな人に声かけられるんですけど、副社長以外に興味ないんですよ」

人に聞こえるように大きな声で話している。

「ああいう人って、ちょっと苦手」

私が入社した時から面倒を見てくれている、川村春子《かわむらはるこ》先輩が眉間にしわを寄せて小声でつぶやいた。

「副社長にあからさまなアピールをしてるって聞いたし。何のために仕事に来ているのかわからないわよね」

「はい……」

隆生さんからそんな話を聞いたことがなかった。

わざわざ話すことでもないかと、気にしないようにしようとランチのピラフを口に運ぶ。

「副社長のお母さん、社長夫人になるためにかなり努力したそうですよ。いろいろ習ったりとか作法を身につけたりとか。私も努力しておかなきゃなって。妻として様々な会にお邪魔しなければいけないし」

義母の噂を聞いてハッとした。

将来の社長になるであろう隆生さんの妻として、私もできるところを努力していかなければならない。でも何をしたらいいのかわからなくて……。今度義母に話を聞いてみようか。将来の社長夫人としての作法を身につける必要がある。

「彼の隣を歩くなら、ある程度のビジュアルが釣り合うことも大事になってくると思いません？」

容姿で言えば隆生さんの隣を歩いているのが恥ずかしい。

でも整形するわけにもいかないし、身長を伸ばすのも無理だ。

できるだけの美容には気をつけて、ファッションセンスも磨いていかなければならない。

実家にいた時は自由に服を選ぶことも許されなかった。

姉より目立つ格好をしてはいけないとか、姉より派手な色を身につけてはいけないとか。だからファッションにはすごく疎いのだ。

「まるで自分がこれから結婚するのだと言いふらしているような印象を与える言い方よね」

春子先輩が小さな声で言う。私は曖昧な笑顔を浮かべることしかできなかった。

ランチを終えて化粧室に寄ってから帰るという川村先輩より一足先に部署に戻ることにした。

歩いていると向こう側から秘書を引き連れて歩いてくる隆生さんが目に入る。

離れた場所からでも、姿勢のいいのがわかり、堂々と歩いていた。未《いま》だに自分が妻として一緒に暮らしているのが信じられない。

職場では人に知られてしまわないように、いつものように過ごすことを心がけている。

すれ違う瞬間、私は頭を下げた。隆生さんが私の目の前で立ち止まる。

「ランチ、終わったのか？」

「は、はいっ」

まさか廊下で話しかけられると思っていなかったので、声が上ずってしまった。午後からも頑張ってと肩をポンポンと叩かれた。

あまり緊張することをしないでほしい。

気を取り直して歩いていると、後ろから話し声が聞こえてきた。

「あの秘書課の女の子、家が近所らしくて小さい頃からの知り合いみたい。だから気安く話をしているのよ。相手は副社長なのに馴れ馴れしい」

明らかに私のことを言っているのだと思ってヒヤッとした。

少し話をしているだけでも嫉妬の視線を向けられる。

もしこれで私が結婚相手だとわかったら、どんなことになるのだろうか。

隣を歩いても誰もが認めるような人間だったら、大きな問題にはならない。

でも私は幼い頃からダメな人間と言われてきて、自分もダメだと思いながら自信のない生き方をしている。

隆生さんにも迷惑をかけてしまうと心配になっていた。

＊　＊　＊

その週の土曜日、私と隆生さんは北海道へ飛行機で向かった。

一緒に出かけるという経験がなかったので、意気揚々と出てきたけど緊張している。

飛行機はファーストクラスを予約してくれていた。美味しい紅茶を飲みながら、のんびりと空の旅を楽しみ、飛行機が着陸態勢に入ると、北海道の緑が目に飛び込んでくる。

「すごい……緑」

「自然が多いんだな」

私は深く頷いた。

無事に新千歳《しんちとせ》空港に到着し、初めて北海道の地に降りたのだと感動で心が躍る。空気がひんやりとしていてすごく美味しい。肺いっぱいに吸い込む。

「まだ空港だろ？　空港の空気は美味しいか？」

「美味しい！」

「面白いな」

レンタカーを借りる。外国の輸入車だった。珍しいと思いながら手続きをしキーをもらう。

助手席のドアを開けてくれた隆生さんに会釈し車に乗り込んだ。運転席に乗った彼がカーナビで行き先をセットする。どこか弾んだ表情だ。

隆生さんもこの旅行が楽しいと思ってくれたら嬉しい。

一般道を通って空知《そらち》管内の観光名所を見ながら、今日は中富良野《なかふらの》に泊まることになっている。

明日の朝、美瑛の景色を見てから、東京《とうきょう》に戻るというスケジュールだ。

運転している横顔を見て胸がキュンとする。隆生さんの横顔も素敵だ。

「うちもレンタカーに力を入れていこうと思ってるんだ」

「そうなんだね」

「今、SNSで写真をあげる人が多いと思うんだけど、美しい景色とかっこいい車。いい組み合わせだと思わないか？」

「うん！　たしかに」

「旅って非日常だからな」

彼は本当に仕事に熱心だ。どんな時も会社のことを考えて過ごしているのだろう。でも、プライベートな時間くらいは少しゆっくりしてほしい。

「悪い。せっかくの旅行なのに仕事の話をしてしまって」

「大丈夫」

どんな話でもいいから隆生さんと会話ができることが幸せだった。

空知地方に入ってくると視界が一気に開けてくる。雄大な空が広がっていて、まっすぐに道が続く。

「すごい道だね。このまま走り続けたら異世界につながってるかもしれない」

「本当にひまりは面白い発言ばかりだ」

運転しながら楽しそうに笑っている彼の姿を見ると、こちらまで幸福な気持ちで満たされていく。

この場所に一緒にいるというだけでもありがたい。

「ドライブっていいよな。しているだけで気持ちが安らかになってくる」

「そうだね。本当に。私もドライブが大好き」

お昼が過ぎた頃にワイナリーに到着した。ワイナリー併設のレストランで食事をする。

道産食材が使われた野菜たっぷりのピザだ。

天気がよくて温かいのでテラス席で食べることにした。

本当はワインを呑みたそうにしていたけれど運転中なのでぶどうジュースで乾杯。

「濃厚ですごく美味しい」

「ピザは?」

口に入れると程よい小麦の焼けた味がして、トマトとチーズがすごく合う。北海道のチーズは濃厚だ。こんなにも美味しいなんてと感激する。

「チーズがすごく濃厚で口の中でとろけるね」

「ひまりはいつも本当に美味しそうに食べるよな?　その顔を見ていると幸せな気持ちになる」

太陽の日差しに照らされている隆生さんが魅力的すぎる。

優しくて穏やかで包み込んでくれて。

こんな素敵な人が自分の夫なんて信じられない。

だけど書類上だけの仮面夫婦だからいつまでもこの幸せが続くとは限らない。

せっかく楽しい気持ちだったのに、ついつい感情がマイナスの方向へいってしまった。この性格を変えたいと本気で悩んでいる。でもどうすればいいのかわからない。

ランチを終えてさらに車を走らせる。

「そういえば、富良野《ふらの》は北海道の中心部なので北海道のへそって言われてるみたいだよ」

「へそ？　へぇ、なるほどな」

「お祭りもあるってホームページに書いてあった」

「本当はラベンダーが綺麗なところだからその時期に来てみたかったな。またこれからもずっと一緒にいるから機会があるはずだ」

これからもずっと一緒にいると言ってくれたことが嬉しくて、その言葉をかみしめながら、窓から流れる広大な景色を眺めていた。

いよいよ次は私が楽しみでたまらなかった大イベントだ。

隆生さんはちょっと心配そうにしていたけれど、私がどうしてもやりたいと言うと了承して予約してくれた。

富良野に到着し、モーターパラグライダー体験をする。

受付で同意書や保険にサインをしていく。

二人で一緒に体験することはできないので、今回は私だけやることになっている。

「同意書っていうのがちょっと心配だな」

「大丈夫だよ。プロの方がついてるんだし」

「もしひまりに何かがあったら俺は生きていけないよ」

まるで愛されているかのような言葉を言うので私はいちいち顔が熱くなってしまう。

そのやり取りをスタッフが微笑ましそうに見ていた。

ハーネスやヘルメットを装着して準備を整え、早速空へと飛び立つ。

「いってらっしゃい」

「いってきます」

「サン・ニ・イチ・スタート」

スタッフのかけ声で目標に向かって走り出す。

だんだんと体が浮いてきて、上空で安定すると膝を上げ座ることができる。写真を撮る余裕まであるくらいだ。

三百メートルくらいまで上昇する。

風を受けて初めはドキドキしたけれど、高い景色から空を見上げ、雄大な北海道の大地を見ていると、自分の悩みなんてちっぽけに思えた。

政略結婚だったかもしれない。姉の身代わりとして結婚した。

自分はダメな人間だと言って育てられた。

だからこの結婚も彼の言う通りにして嫌われないように生きていこうということばかりに意識が取られていた。

それは逆に楽な道なのかもしれない。

もしこの先一緒に暮らしていって私が本当に隆生さんのことが好きになったら……。

今も好きだけど心から愛してしまったら、逃げない。その時はちゃんと自分の気持ちを伝えよう。

告白をして断られたら、その時はそれぞれの未来を真剣に話し合うべきだ。

大切な人生なのだから。

高いところまで上がったらエンジンがストップしてパラグライダーでゆっくり降りていく。

「気持ちいい……」

十五分くらいで地上に戻ってきた。

すっきりした気持ちで、こんなに清々《すがすが》しいのは久しぶりだ。

隆生さんは心配そうに駆け寄ってきた。

「おかえり」

「ただいま。すごく気持ちよかったよ」

「楽しかったようだな。いい表情をしている」

「わがまま聞いてくれてありがとう」

体験を終えると今夜宿泊するホテルへと向かった。

「うわ！」

ホテルに到着して部屋に入ると思わず歓声を上げてしまった。

用意されていたのはスイートルームで、大型サイズの窓から見える大自然に目が奪われる。まるで美術館の絵画のようだった。

窓の外にはテラスがある。

壁で仕切られていない部屋は広々とした空間で、常に新鮮な空気が流れているみたいだ。

「素敵なお部屋！」

「ひまりに喜んでもらえて嬉しい」

テラスに出て大きく息を吸い込むと、北海道の美味しい空気が肺いっぱいに入り込んでくる。

「空気、美味しい」

「あぁ、新鮮だな」

私は視線を自然から隆生さんに移した。彼は穏やかで温かな笑みを浮かべている。

もっと心の距離が近づけばいいのに。どうすれば、本物の夫婦になれるのだろう。

でも、隆生さんなりに私のことを考えてくれているから、こうして時間がないのに連れてきてくれたんだ。

「隆生さん、本当にありがとう。今日はプライベートの時間だから隆生さんもゆっくりしてほしいな」

「そうする。二人で楽しもうな」

「うんっ」

少し部屋で休憩した後レストランへと移動した。天井にはシャンデリアが飾られていて、席数があまり多くなく落ち着いた雰囲気だ。

ピアノとチェロの演奏が聞こえてくる。

富良野のワインを呑みながら味わう創作フレンチ。

まずは季節の盛り合わせが運ばれてきた。地元の野菜を使ったというサラダだ。見るだけで色鮮やかで目が楽しい。

「北海道産じゃがいものビシソワーズでございます」

スタッフが運んできて一つずつ料理の紹介をしてくれる。じゃがいもの甘みが口に広がってとても美味しい料理だった。

続いてホタテとサケのグリル。ホワイトソースがかけられていた。

「美味しい」

味わいながらこの幸せな時間を堪能する。

牛肉の赤ワイン煮やチーズリゾットなど、デザートまでゆっくりと食事を楽しむことができた。

「お腹いっぱい。幸せ」

部屋に戻ってくると空は闇に包まれていた。

音がない静かな空間でソファに並んで腰をかけた。

温泉付の客室である。この後は入浴をして眠るという流れだ。しかし、突然私は耳が熱くなってきた。

いつも同じ家で生活をしているけれど一緒に眠るという経験はない。この部屋にはベッドが二つ並んでいる。さすがに隣で眠るのはありえないだろう。

私がソファで眠ればいいのかと考えたけれど壁がなく、朝まで同じ空間で過ごすことになる。

これはとんでもないことだと急に落ち着かなくなってきた。

「ひまり、大切な話がある」

「うん」

「手を出してくれないか」

きょとんとしていると私の左手をつかんだ。

そして彼はどこかに忍ばせていた指輪を出した。

「……えっ」

私の薬指にはめてくれる。キラリと輝くダイヤモンドが眩《まぶ》しい。まさか、用意してくれていると思わなくて泣きそうになる。

「強制的に結婚させてしまって申し訳なかった。コメンテーターとして世の中に顔が知られてしまっているから、少なからず俺が結婚したと公表すれば、妻がどんな人なのかと追いかけられることもあるかもしれない。心ない言葉で傷つけられることもあるだろう。しかし世間の言葉には振り回されず俺を信じてついてきてほしいんだ」

真剣な眼差しと言葉が私の胸の深くに刺さった。

私は覚悟を決めてしっかりと頷く。

「未熟な私だけど、自分なりに努力して隆生さんの役に立てるように頑張る」

「ありがとう」

穏やかな空気が流れ私たちはしばらくお互いの目を見て黙り込んでいた。するとだんだんと彼の耳が赤くなっていく。私の頬も熱くなるのがわかった。

普通の夫婦ならここでキスをして、その後の流れに行くのかもしれないけれど、何が正解なのかわからない。

「風呂、先に入っていいぞ」

「え、いや……隆生さんがお先にどうぞ」

ドキドキしているのがバレないように返事をする。

「わかった」

隆生さんが浴室へ消えていく。

もしかしたら隆生さんは私と子作りをしようと考えているのではないか。夫婦だし、跡取りを作らなきゃいけないので、当たり前のことなんだけど、心の準備ができていない。

スマホでどんな流れが正しいのか調べてみるが、文章が全然頭に入ってこない。指が震えて過呼吸気味だ。私は完全にパニック状態だった。

「いい湯だったぞ」

「ひゃあっっ」

思わず変な声が出てしまった。

振り返るとお風呂から上がってきた彼。髪の毛が濡れていて浴衣で色気がものすごい。不思議そうな顔をしてこちらを見ている。

「まるで幽霊でも出たかのような驚き方だな」

「ご、ごめんっ……あはは」

ここにいるのがいたたまれない気持ちになり私は立ち上がった。

「じゃあ私も温泉楽しんでこようかな」

そう言ってここから逃げることにしたのだ。

檜《ひのき》風呂が設置されていて窓からは星空が見えた。美しい景色に柔らかいお湯。リラックスして気持ちがよくなってくる。

けれど、お風呂から上がったらどうしようか。浴衣を着なければ不自然だ。中に下着はつけるべきなのだろうか。

まずはどうすればいいんだろう……。

相手はすべてにおいて卓越しているので、身を任せるしかない。

緊張しながら浴室から出ると、彼はソファに腰をかけてぼんやりとしているようだった。

「上がってきたよ」

「あぁ、おいで」

お、おいで？　いきなり？

私の心の中は大量のピンポン玉が一気に襲いかかってきたかのような、ポップコーンがポンポン弾けているような、そんなせわしない感情でいっぱいになっていた。

言われた通り隆生さんの横に腰を下ろす。

「綺麗な星空だっただろう？」

「うん。キラキラ光ってた」

柔らかく微笑んでから真顔になる。

「俺に少しずつ慣れてほしい」

甘くて切ない声音だった。まさか私のことを好きになってくれたのではと勘違いしてしまいそう。

至近距離で見つめられ、私は目をそらすことができなかった。酸素が薄くなっていくような気がして呼吸がしづらい。

「あ、あのっ……」

「俺たちは子供を作らなければいけないんだ」

その言葉で甘い夢から一気に現実へと戻された気がした。そうだ、これは本物の夫婦ではなく、政略結婚なのだから。

子供を産むということも契約に含まれている。早く子をもうけようと焦っているのかな。

「……少し不安だけど、覚悟はできてるよ」

「ありがとう。だからといって、じゃあしようか……というわけにはいかないだろう。俺はひまりを傷つけたくないんだ」

思って考えてくれるから、私はどうしていいのかわからなくなってしまう。

「ひまりがいいって言ってくれるまで俺は待つから」

「でも、いつになるかわからないよ。それなら少し強引でもいいから奪って。いつまでも怖いって思っちゃう」

隆生さんは目を大きく見開いて一瞬固まっていた。

「徐々にでいい。投げやりなことを言わないでくれ。手をつないで、ハグをして、そしてキスをして……順序を踏んでいきたい」

「それなら時間がかかってしまうかもしれないし、私たちの結婚の契約の中に入っているんでしょ？　跡取りを残すって……」

「ひまり、抱きしめてもいいか？」

いきなり何を言い出すのか。抱きしめてもらうくらいなら構わないので、私は頷いた。

すると長い手を伸ばしてきて包み込んでくれる。彼の体温が伝わってきて温かい。

安心して体の力が抜けていく。

このまま流れに身を任せてもいいと思うけど、隆生さんの気持ちだってある。

私のことは幼い頃から知っている妹のようにしか思えないだろう。私にもっと色気があったらよかったのかなとか考える。

「いい匂いがする」

私の頭に彼の声が降ってきた。

「ひまり……」

「……はい」

抱きしめる腕に力が込められる。どんどん好きになってしまいそうで怖い。

少し離れて近距離で無言のまま見つめ合う。こんなに近くにいるのに距離が遠い気がして切なかった。

「今日は並んで眠ろう」

「うん」

ベッドは別々だったけど、同じ空間で私たちは眠りについた。

次の日、目が覚める。まだ太陽が昇ってくる直前だった。

緊張していた割には疲れていたせいか、ぐっすりと眠ることができた。

横を見ると美しい顔をして眠っている隆生さんがいる。まつ毛が長くて鼻筋が高くて、美しい唇をしていた。

不安がある私に手を出してくることもなく、私のペースに合わせると言ってくれた。

たとえ彼が私のことを妻として愛することができなかったとしても、私はこの人の子供を産んでみたい。

いつまでも隆生さんの寝顔を見ていたいけれど、飛行機の時間もあるし、早く出かけなければならない。

そっと近づいて小さな声で話しかける。

「隆生さん……起きて……」

気持ちよさそうに眠っているのであと五分だけ寝かせてあげよう。膝立ちになりそばで見つめる。

眠くなってきちゃった。

まどろんでいると私の頭が優しく撫でられた。

ハッとして目を開けると、彼が穏やかな表情でこちらを見ている。

「こんなに近くにいて……どうしたんだ?」

「起こそうと思ったらついつい眠ってしまって」

「そうか。久しぶりにぐっすりと眠れた気がする。ひまりが近くにいてくれたおかげかもしれない」

「そ、それはよかった」

あまりにもかっこよくて朝から破壊力がすごい。心臓の鼓動がバクバクしすぎて壊れてしまうのではないかと思うほどだ。

体を起こして目を見つめてくる。

「おはよう、ひまり」

「お、おはよう」

「さ、今日はいよいよ美瑛だ」

「うん！」

「食事を食べたら早速出よう」

部屋に食事が運ばれて、テラス席でサンドイッチセットを食べた。

朝の澄んだ空気の中で食べる食事はすごく美味しかった。

ちょっぴり寒かったけど、憧れの人が目の前にいると思ったら寒さなんて忘れていた。美瑛、楽しみだ。

ところが、朝食を終えた頃、彼のスマホに連絡が入る。

「あぁ、わかった。飛行機を早めて帰ることにする」

仕事の話が入ったようだ。

電話を切ると申し訳なさそうな顔をして近づいてきた。

「問題が起きてしまって。リモートでもいいんだが……大切な商談も含むことだから対面のほうがいいと判断した。この借りは今度絶対に返すから」

「そんなこと気にしないで。ここまで連れてきてくれただけで充分だよ」

「でも美瑛に行ってから帰る時間はまだある。早めにホテルをチェックアウトして美瑛に向かおう」

無理をさせて申し訳ないからと断ったけれど、絶対に私の夢を叶えると言って彼はスケジュールを組んでしまった。

その気持ちが嬉しくて感謝で胸がいっぱいになる。

いよいよ、私が読んでいた小説の中で出てきた景色を見ることができるのだ。

早めにチェックアウトし、車を走らせる。そしてついに展望公園に到着した。

まだ早い時間帯だったということもあり、周りに人はいない。まるで私たちだけの世界だという感じがした。

静かで遠くからは鳥のさえずりと、時折風の音が聞こえてくるくらい。

幾重にも折り重なる丘や、山脈が見渡せる。空が青くて雲がふんわりと浮かんでいる。

『この景色を見たら辛いことも悲しいことも全部吹き飛ぶの』

小説のヒロインがこんな言葉を言っていたが、まさにその通りだ。あまりにも感動してしまい思わず涙がポロリとこぼれた。

隆生さんが、そっと私の手を握った。

向かい合い、空いているほうの手で私の涙を拭ってくれる。

こんなに優しくされたらもっと好きになっちゃいそう……。

これ以上好きになってもいいのかな。

「夢を叶えてくれて本当にありがとう」

「こちらこそ、素敵な場所を教えてくれてありがとうな」

私は涙を流しながら満面の笑みを浮かべる。

すると隆生さんは私の両方の肩に手を乗せて、真剣な表情をした。そのままだんだんと顔が近づいてくる。

唇に柔らかい感触を覚えた。

どういうこと？　これは一体……？

「ひまり」

考えてる間もなく私は隆生さんにキスをされたのだ。

「……っ」

「ごめん。気にしないでくれ」

慌てて離れた彼は私から顔をそらし、遠くを見つめている。夢だったのだろうか。いや違う。間違いなく今唇が重なり合った。

キスをしてくるなんてどういうことなの。

昨日はゆっくり進んでいけばいいって言っていたのに。本当にわからない……。

「ひまり、申し訳ないが、そろそろ行かなきゃ」

「あ、うん」

頭がぼんやりしていたけれど、私たちはレンタカーに乗り込んだ。

車の中では無言だった。ラジオから流れてくる軽快な音楽と女の人の話し声が響いている。

帰りは旭川《あさひかわ》空港から東京に戻ることになっている。

もっとゆっくりしたかったけれど、仕事なら仕方がない。超多忙スケジュールの中連れてきてくれたことに感謝だ。

でも、あのキスは……何だったの?

憧れの人と、行きたかった場所で、ファーストキスをしたんだ。

北海道の景色があまりにも綺麗だったから雰囲気でしてしまったのだろうか。

好きだとか言われていないから、勘違いしてはいけない。

そのまま私たちはほとんど会話をすることなく、飛行機に乗り東京へと戻ってきた。

空港まで隆生さんの車が迎えに来ている。

「ひまりも乗って」

「私は電車で帰るから大丈夫」

「荷物もあるし。時間がないから早く」

促されて私は車の中に乗った。会社の近くで私は降ろしてもらう。

まっすぐマンションに帰ろうかと思ったけれど、まだキスをされたことが忘れられなくて。家に帰ってしまったら夢から覚める気がして……。

海の見える公園で、しばらくの間ベンチに腰をかけてぼんやりと過ごしていた。

＊　＊　＊

俺は、一体何をやってしまったんだ。

北海道から戻ってきてすぐに会議があり、仕事を終えたのは夜だった。

日曜日なので予定を入れないようにしていたが、問題が起きてしまい対応しなければならなかったのだ。

ひまりとの旅行は楽しくて穏やかな時間で、思わず好きだと伝えてしまいそうになったが、彼女には片想《おも》いをしている男性がいるのだ。

ここで自分の気持ちを伝えてしまえば、混乱させて苦しませる可能性だってある。だから徐々にこちらに気を向けさせたいと思いながら接していた。

夜だって同じ空間に一緒だった。

手を伸ばせばすぐに自分のものにできそうなのに、できないもどかしさを感じて過ごしていたのだ。

それでも、この幸せで穏やかな時間が永遠に続けばいいと思っていた。

美瑛の景色は、美しくて心から感動した。

その景色を見ながら涙を流しているひまりの姿に目も心も奪われた。こんなに心が綺麗な人がいるのだろうか。

美しくて、彼女のことを一生守っていきたいと思った。

『ひまり』

彼女の名前を口にするとさらに愛《いと》しさが込み上げてきて我慢できずキスをしてしまった。

何が起きたのか理解できないという表情をしていた。

それ以降ほとんど口をきいてくれなかった。

どんな顔をして家に戻ったらいいんだ。

ゆっくり進めていこうと紳士ぶっていた自分が恥ずかしい。

抑えきれなくなってしまうなんて、どれほど俺はひまりのことが好きなのだろうか。

副社長室で考え事をしているとドアがノックされた。返事をすると秘書の岡田が入室する。

「本日は予定を入れてしまって申し訳ありませんでした」

「仕事だから仕方がない」

有能な男で俺は岡田を心から信頼している。俺が密《ひそ》かに結婚したということも知っる人物だ。

「奥様とお出かけでしたよね」

「まぁ、な」

「しっかりと愛の言葉は伝えられましたか?」

「余計なお世話だ」

秘書という立場を超えてこういう会話ができるのも、岡田のことを信用している証拠である。

「早く帰ってあげてください」

「あぁ、お疲れ」

家に帰ったらどんな風に接したらいいんだろうか。

恋愛をほとんどしたことがなかったので俺にとってはかなりの難題だ。

深呼吸をしてから自宅の玄関を開けると、こちらに向かってくる足音が聞こえてきた。律儀にもいつも迎えに来てくれるのだ。

体が小さくて可愛らしいひまりが出迎えてくれると嬉しくて思わず頬が緩んでしまいそうになる。

目があった瞬間、彼女の顔が真っ赤に染まった。

「ただいま」

「おかえりなさい」

「せっかくの旅行だったのに、早めに帰ってくることになって悪かった」

「ぜんぜん！　逆にありがとう」

なるべく普通にしてくれているようだが、申し訳なく感じてしまう。

俺はひまりのことを好きだ。

そう伝えたとしても信じてくれないだろう。だってひまりの姉と結婚する予定だったから。

情けないが親の用意したレールを歩かされていて、気になっている人と結婚をするというのを諦めていたなんて言えない。

彼女のことが素敵だと思っていたなら、ちゃんと思いを伝えて、親を説得して結婚すべきだったのではないかと後悔の念を抱いている。

「ご飯、食べる？」

「あぁ、いただく」

一日も早くひまりを振り向かせたい。そのためにはどうすればいいのだろう。

第三章　妻としての努力

　五月の連休に突入したが隆生さんに大型連休という言葉は存在しない。人と会う用事や、打ち合わせでほとんど家にいないのだ。

「せっかくの連休なのに一緒にいてやれなくてごめんな。ひまりは家でゆっくりしていてもいいし、散策してきてもいいし、買い物してもいい。自由に過ごしていて構わないから。何か困ったことがあったらすぐ連絡入れてくれ」

「ありがとう」

　慌ただしく出て行った隆生さんを見送る。

　さて、何をしようか。

　友達に電話してみようかとスマホを手に持ったけれど、今誰かに会ってしまえば、秘密の結婚生活をしていることが何かをきっかけに知られてしまう可能性もある。恐ろしいので、一人で過ごすことにしよう。

　マンションから外に出たらスーパーもあるし、もう少し歩けば駅があって揃わないものはない。

便利な場所でそして片想いだけど好きな人との結婚生活で幸せだ。

でもポツンと取り残されたような気持ちになる。

今までは仕事を早く覚えて人の役に立つことが目標だったけれど、これからは何を目標に頑張ればいいのだろう。

結婚が公表されるまで数ヶ月ある。

その間に私はやるべきこと、できることがあるのではないか。

隆生さんのことが大好きな受付の静井さんがランチ中に『副社長のお母様は社長のために妻として努力をしていた』と言っていた言葉がずっと頭に残っている。

義母に話を聞かせてもらおうと緊張しながら電話をしてみた。

『あら、ひまりさん、どうしたの？』

穏やかな声で電話に出てくれる。

「お義母《かあ》様の話を聞かせていただきたいなと思いまして」

『隆生は連休中も仕事で不在なのね？』

「はい……」

『いいわよ。久しぶりに私もゆっくりお茶をしたいと思っていたからアフタヌーンティーでも行きましょう』

「ぜひ」

『では予約入れておくわね。場所が決まったらメッセージを送るわ』

「ありがとうございます」

電話を切ってから、準備をしていると有名ホテルを予約したと連絡が入っていた。

義母と二人きりでお茶をするというのは緊張するが、話を聞かせてもらえるチャンスなのでしっかりと聞いて学んでこよう。

予定より早く到着してホテルのロビーで待っていると、義母が現れた。

ベージュのワンピースを着ていて小さめのバッグを持参し、品があってすごく素敵で、憧れの存在である。

私の姿を見つけると駆け寄ってきて満面の笑みを浮かべてくれた。

「ひまりさん、お待たせして申し訳なかったわ。予約してあるから行きましょう」

「はい！」

連れてきてくれたのは、最上階にあるレストラン。

ランチタイムが終わってからディナータイムまでの間はティータイムとして軽食とお茶を楽しむことができるのだ。

「アフタヌーンティーセットにしましょう」

「はい。楽しみです」

まるで女子会みたいな雰囲気で楽しそうにしてくれる。

運ばれてきたのは香りがとてもいいいちご紅茶と、いちご尽くしの三段のお皿が登場した。

プレートにはスモークサーモンのサンドイッチと、キャビアとクリームチーズのクラッカー添え。

真ん中の段にはいちごのパウンドケーキがあり、上の段にはフレッシュいちごが花のようにカットされ、いちごのマカロンといちごのロールケーキが載せられている。

食べるのがもったいないほど綺麗に盛り付けられていて、見ているだけで心がウキウキとしてくる。

「さぁ、食べましょう」

窓からは東京の景色が見えていて、今日は天気がよく心地がいい。

思い返してみれば、こうして母親と一緒に食事に行くという経験をしたことがなかった。二人で出かけようとするといつも父が邪魔をしてきたのだ。

「とても美味しいわね」

「すごく美味しいです」

他愛《たあい》のない話をしながらデザートを食べていた。義母との話は楽しくて弾む。

そして、私は気になっていることを質問してみる。

「将来、隆生さんは社長になると思うのですが、社長の妻としてどうやって支えていけばいいのか、何を努力していけばいいのかわからなくて困っています。今私にできることがあれば教えていただきたいなと思いまして」

私の話を聞いた義母は穏やかな顔で頷く。

「努力と言ってもね……。そうね。今のままのあなたでいいと思うのよ」

「今のままですか？」

「ええ。でも、そうねぇ。あえて努力していたことと言えば……いろいろなところに呼ばれるので、教養を身につけるのは大切だと思うのよね。だから時間があれば私は本を読んでいたわ。そうすればどんな人ともお話ができるようになるのよ」

聡明《そうめい》な答えだなと思って私は胸を打たれていた。さすが隆生さんを育てた母親だ。素晴らしい人である。

「あとは仕事でいつも神経がピリピリしていると思うの。だから家に帰ってきた時はリラックスできる空間作りをしてあげる。それができれば最高の奥さんなんじゃないかしら」

「ありがとうございます。勉強になりました」

「力を入れなくてもいいのよ。私も同じような立場だったの。お見合いだったから。夫のことをほとんど知らない状態で結婚して、悩んだけれど今は彼の妻になることができてよかったと心から思っているわ」

そんな素敵な夫婦になりたい。なれるように私も努力していかなければ……。

「貴重なお時間をありがとうございました」

「私も気分転換になって楽しかったわ。いつでも呼んでちょうだいね」

義母と別れて電車で帰る。

隆生さんがリラックスできる空間作りをしていきたい。そう思いながら電車に揺られていたのだった。


自宅に戻ってきた私は夕食の準備を始めた。最近は自分で食事を作ることが多いので、家政婦さんに来てもらう回数を減らした。

掃除も洗濯も料理も嫌いじゃないのだ。

仕事をしながらやるのは大変だと、隆生さんは心配してくれるがそんなことは全然ない。むしろ、やらせてもらえてありがたいと思っている。

今日の夜ご飯はカレーライスにした。庶民的な食事だなと思いつつ、うちの母が作るように秘伝の隠し味を入れて作った。

夜の八時頃に隆生さんが戻ってきたので、玄関に行った。

「ただいま」

「おかえりなさい」

鼻をクンクンさせて笑う。

「今日はカレーか。楽しみだ」

「準備しておくね」

「ありがとう」

手を洗って着替えを済ませてくる間に、カレーを温め直す。

テーブルに着いた彼にカレーをよそって出した。向かい合って食事をするこの瞬間が本当の夫婦という感じがして幸せである。

「今日ね、お義母様とお茶をしてきたの」

「そうだったのか。ひまりが母と仲よくしてくれて嬉しい。俺は母のことをすごく大切に思っているから」

堂々と大切に思っていると言える彼は素敵だと思う。

「いろいろお話を聞かせてくれて楽しかった。お義母様すごく優しいし素敵な方で、お姑さんになってくれて嬉しい」

食事をしていると隆生さんがこちらを見て笑顔を向けていた。

「そう思ってくれて俺も嬉しいよ」

穏やかな時間が流れている。

「明日はウェディングドレスの打ち合わせと結婚式場の下見をしようと思っている」

ウェディングドレスは姉が考えたデザインだった。私は身代わりなので姉の考えたドレスを着ることになっている。

身長と体重はほぼ同じだが、胸の大きさが違う。直すのは大変じゃないだろうか。

食事が終わった私たちはそれぞれ入浴を済ませて、リビングで赤ワインを呑んでゆっくり過ごした。

隣に座って映画を見て、言葉はないけれど優しい時間が流れていた気がする。

さり気なく腰に手を回された。

それだけのことなのに私の体が硬くなる。気がついた彼はそっと手を離す。

それから何事もなかったかのように映画鑑賞してそれぞれの部屋に戻った。

目が覚めてカーテンを開くと、今日は晴天だ。空も海も青くて気持ちがいい。

ブランチを兼ねて食事を済ませてから着替えをした。

いつもスーツを着ているけれど、ジャケットとパンツというカジュアルな格好をした隆生さん。私は薄いピンク色のワンピースを着た。

彼は顔が知られているので、正式に結婚発表するまで近所はなるべく一緒に歩かないようにしている。マンションからの移動はもっぱら車である。今日も迎えに来ていた車に乗り込んだ。

結婚式場は海の見えるホテルで豪華で立派なところだった。

結婚する相手が変わったことにホテルのスタッフはどう思うのだろうと不安だったが、動じることなく昔から知っているかのように笑顔で接してくれた。

そして初めてここに来るということで、実際に式場を見せてもらうと、真っ白ですごく素敵な場所だった。

隆生さんと姉がここに一緒に訪れていたのだと思うと胸が締め付けられるような感じがした。もし姉が逃げ出さなければ、隆生さんと結婚することはできなかったのだ。

「ひまり、ここでいいのか？」

私にしか聞こえないように小さな声で質問してきた。

「素敵な場所だね」

十月の結婚式に合わせて今から別の式場を取るというのは難しいだろうし、姉の身代わりとして結構することができたのだから、わがままは言わないようにしようと心得ている。

場所を移動して、ウェディングドレスの進捗状況を聞かされた。素敵なドレスだったけれど露出が多くて着こなせるか心配になってしまう。そして寒そう。

「デザインを少し変えてもらうことはできますか？」

突然隆生さんが言い出した。スタッフは驚いているようだが顔にはしっかりと笑顔を作っている。

「多少であれば可能だと思います」

「露出が多いので胸元をレースで隠すとか、そういう工夫をしていただければと思いまして」

まさに今私が思っていたことを口にしてくれたので以心伝心かと驚いた。

「彼女寒がりなんで」

よく私のことを見てくれているのだと感動する。

「かしこまりました。リクエストを入れさせていただきますね。またデザイン案が上がりましたらご連絡させてもらいます」

爽やかな笑顔でスタッフが対応してくれた。

私たちはまた来館することを約束し車で戻った。

運転手が運転し、後部座席に私と隆生さんが並んで座る。

「デザインの件、ありがとうございました」

小さな声で伝えると彼は首を左右に振った。

「お礼なんてされる必要ない。俺が嫌だったんだ」

「嫌?」

意味がわからなくて頭を傾けると、隆生さんは咳払《せきばら》いをして窓のほうを向いてしまった。

よくわからないけれど罪悪感に襲われて、その後は私も何も話さずに家まで戻った。

＊　＊　＊

大型連休が終わり、日常が戻ってきた今日この頃。

午後の仕事が落ち着いたので、休憩室のドリンクを買いに自動販売機へ向かった。

選んでいると、タイミング悪く静井さんが部屋に入ってきたのだ。

「お疲れ様です」

「……お疲れ様です」

明らかにムッとした表情を浮かべられる。

あんまり気にしないようにしてドリンクを購入し、休憩室を出ようとした時。

「すみません」

声をかけられたので振り返った。

「副社長とは、どういう関係なんですか？」

威圧的な態度で質問され、私は答えに困ってしまう。

「家が近所だったんです……」

「本当にそれだけですか？　あまり親しく喋《しゃべ》るのはどうかと思いますけど」

「そんなつもりは……」

近づいてきて、身長の高い彼女が上から睨みつける。

「あなたのご実家、経営状態がよろしくないんでしょう？」

そんなことまで調べられているとは思わず驚いた。警戒していると彼女の形相が恐ろしくなっていく。

「今野さん？」

現れたのは営業部の若手のホープ木下《きのした》さんだ。

背が高くて爽やかで人気の男性社員であるが、何度かしか会話をしたことがない。

「大丈夫？」

静井さんはマズイといった表情をして、その場から去っていった。

彼もたまたまここに来て、私が困っていたのを察知して助けてくれたのだろう。

「はい……。ありがとうございます」

「彼女すごい美人なんだけど、自分が副社長の奥さんになるって言い張ってて。ちょっとなんか怖いよね」

「そうだったんですね……」

「気をつけてね」

助けてくれてありがたかった。もしあのまま静井さんと二人きりだったら何を言われていたのかな……。

「ありがとうございました。お礼にドリンクごちそうします」

「いや、そんなつもりで助けたんじゃないし。怯えているのを見るとかわいそうだと思ったから……」

このことがきっかけで、木下さんが頻繁に話しかけてくるようになった。

廊下で会えば世間話をしようと引き止められるし、休憩室で会えばなぜかミルクティーを購入してくれる。

先日は仕事帰りにエレベーターで一緒になり、食事をして帰ろうとしつこく言われた。

早く家に帰って夕食の支度をしたかったので、どうしても用事があると言って断った。そうしたら……。

『じゃあ連絡先だけでも交換してほしい』

周りにたくさんの人がいるというのに真剣にお願いしてくる。

横を通り過ぎていく人が興味津々に見てくるので、私はいたたまれなくなって連絡先を交換してしまった。

すると朝でも夜でも昼でも構わずにメッセージが届いた。

先日、化粧室で用を済ませていると、私がいることに気づいていない女性社員がこんな噂をしていたのだ。

『営業部の若手ホープの木下君って、秘書課の事務補佐の今野さんのことをかなり気に入ってるみたいだよ』
『えー！　ショック。木下君ってすごくモテモテだよね。ああいう地味な女の子が好きなんだね』
私にはまったくそんな気がないので、変な噂が広まって隆生さんの耳に届いたら困る。どうすればいいのかと考えていたが、対処法が見つからなかった。

今日のランチタイムは、一緒に食事をする人がタイミング悪く誰もいないので、一人で社員食堂で本日のランチ、生姜《しょうが》焼き定食を頬張っていた。

「ここの席空いてるよね。座ってもいい？」

声をかけられて振り返ると、そこには木下さんがランチのトレーを手に持って満面の笑みで立っていた。

「え、あ……はい」

断る理由が見つからず、同意してしまう。

食事を終えたら、ゆっくり本を読もうと思っていたのに。

木下さんが私の隣に座り、他愛もないことを話しかけてくる。でも彼の持ち前の明るさなのか会話がどんどん楽しくなってきた。

「では、あそこの店の小籠包《しょうろんぽう》が美味しくてさ」

「そうなんですか」

「近いうちに一緒に食べに行かない？」

「ぜひ」

つい、社交辞令で笑顔で答えてしまった。

公表はしてないけれど人妻という身分である。さすがに二人きりで食事に行くのはよろしくない。

「他に何人かお誘いして、機会があれば……行きましょう」

「え？　どうしてそうなるの？　他の人なんて誘う必要なくない？」

グイグイ迫ってくる感じに私は困惑していた。

どうやって相手を傷つけないように断るのが正解なのかわからない。

困惑していると急に食堂内の空気が変わる。

何があったのかと視線を彷徨《さまよ》わせると、なんと隆生さんがやってきたのだ。

秘書の岡田さんを引き連れてランチに来たのだろうか。

木下さんと二人きりで食べているタイミングで来るなんて運が悪すぎる。

家に帰ったら正直にしつこく迫られているけれど、私には全然気持ちはないと伝えるしかない。

「副社長が社員食堂に来るなんて珍しいこともあるんだな」

「そうですね」

なるべく早く食べてここから席を立とう。口にいっぱいご飯を入れるとむせてしまった。

「大丈夫か？」

木下さんが私の背中を擦ってくれる。

私に触れないで。仲がいいと勘違いされてしまったら困る。

焦るけれど、むせて声を出すことができない。

お水をもらって呑み込み、少し落ち着いた。

隆生さんのほうを見ると彼もこちらを見ていた。睨みつけられているようなちょっと厳しい表情をしている。

隆生さんは、トレーに食事を載せて空いている席を探しているようだ。

そして、私の近くの席が空いたのを岡田さんが見つけたようで近づいてきた。

「ひまり、そんなに慌てて食べることないだろう？」

岡田さんが近づいてきたことに気がついていない木下さんは、私を下の名前を呼ぶ。

いつも苗字《みょうじ》で呼ばれるのになぜか今日に限って下の名前で呼び捨て。どうしてなの？　泣きたい気持ちになってくる。

「お疲れ様、木下君。いつも頑張ってくれていると噂を聞いてる」

副社長に話しかけられた木下さんは嬉しそうに立ち上がった。

「ありがとうございます！　もっと頑張って会社に貢献したいと思っています」

若手社員という感じがして輝きを放っていた。

この場にいるなんて耐えられない。私は少し食事が残っていたが立ち上がる。

「ひまり、もう行っちゃうの？」

木下君が捨てられた子犬のような可愛らしい顔をしてこちらを見てきた。

一般的な女性だったら胸キュンしてしまうのかもしれないけれど、私にとっては迷惑で仕方がない。頭を下げてその場から去った。

＊　　＊　　＊

「奥様が木下という社員に言い寄られているそうですが？」

副社長室で仕事の話を終えた岡田がそんなことをポツリと言った。

ひまりには好きな人がいるはずだ。ひまりの想い人は木下だったのか。

なんとかこちらに振り向いてもらえるように、自分ができる努力はしているつもりだが。

「営業部の若手のホープなんですが、優秀な男ですよ。容姿も愛想もいいです。最近すごく仲よくしているとの噂です」

とりあえず結婚をして、いつか離婚をしてもいいと言ったのは俺だ。その言葉を真に受けて密かに愛を育てているのかもしれない。

最近、夜一緒に過ごしている時でも誰かと連絡を取り合っているようだし。

「副社長、アプローチしていかないといけませんよ」

「……っ」

興味ないという表情を浮かべながらも、岡田の言葉に耳が敏感に反応してしまっている。

「今日はランチの予定が入っておりませんので、偵察に行きませんか？」

「偵察？」

「ええ、社員食堂に行ってみましょう」

そう言って連れられて、久しぶりに社員食堂に行った。

ランチタイムということもあり賑《にぎ》わっている。

俺の登場に社員たちは動揺しているようだった。

ひまりの姿を探すと、窓際で木下と二人きりで食事をしているではないか。

強いショックに襲われ、嫉妬心が浮き上がってきた。

むせている彼女の背中を優しく撫でて、下の名前を呼び捨てしていた。

完全に木下とひまりは親密な関係になっている。ひまりは俺と結婚しているということをまだ言っていないと思うが……。

姉の身代わりとなって結婚したので辛い思いをさせているに違いない。自分の気持ちを押し通して彼女を縛りつけてもいいのだろうか。

一緒に過ごしていくうちにだんだんと彼女への愛情が深まっていく。

自分の元に置いておきたいという気持ちが強いのだが、それは俺のわがままなのかもしれない。

ひまりの実家の会社を子会社にする契約を結んだ状態だ。子会社として機能するようになるまでは離婚を我慢してもらわなければいけない。しかし、条件が整ったら、彼女のことを解放するべきなのではないだろうか。

でも俺はひまりを手放したくない。どんなことがあっても。

今までは親が決めてきたレールの上を歩いてくるだけだったが、これからは自分で自分の人生を決めていきたい。

ひまりを好きになり、結婚生活をするようになってから素直にそう思えるようになったのだ。

『結婚してからお前はどんどんと成長している。この会社を任せられると思うようになった。これからも期待しているぞ』

父にこんな風に褒められたことはなかった。

仕事に一層力を入れて家族を守っていけるようにと思っていた矢先に、ひまりが木下と親密になっていたのだ。だからこそ、心の整理がつかない。

＊　＊　＊

「おかえりなさい。夕食作ったから食べる？」

「……今日はいらない。申し訳ないが仕事があるから」

「あ、あの……っ」

木下さんとは特別な関係ではないとどうしても伝えたい。

しかし、隆生さんは目をそらした。

「聞いてほしいことがあるの……隆生さん……」

声をかけてもこちらを向いてくれない。そんな態度をされてしまうと強く声をかけることができずに、私はその場で固まってしまった。

彼は自分の部屋に入っていく。

結局、タイミングを見失ってしまった。彼の部屋の前まで行くけれど、仕事で忙しいと言っていたし邪魔をしてはいけない。

どうにか話せる機会を見つけて気持ちを伝えたいので夜遅くまで待っていたけれど、その日は部屋から出てくることがなかった。

次の日は、朝早く出勤した。

オフィスでお茶を出す時も目を合わせてくれず、切ない気持ちで体中が支配されていくようだった。

それからも隆生さんと私の間に会話がほとんどなくて、気まずい時間が流れていた。食事を一緒に摂ってくれることもなくなり、夕食を用意しないことが当たり前になって一週間が過ぎていた。

隆生さんは仕事が多忙で、夜遅くに帰ってくる。私は秘書課事務として働いているので状況が見えるだけに、彼が体調を崩してしまわないか心配でたまらなかった。

仕事から戻ってきてから軽く食事を済ませて、シャワーを浴びて彼が帰ってくるのを待っていた。

今日こそは木下さんについての誤解を解きたい。しかし、時計を見るともう日付が変わっていた。

毎日こんなに遅いなんて本当に体は大丈夫だろうか。大きなプロジェクトを抱えているという話だけど。

家に帰ってきた時は、リビングでゆっくりしてくれたらいいのに。

避けられてしまったことが切なくて涙が頬を伝う。

私……涙を流してる。泣いている自分に驚いた。思ったよりも私は隆生さんのことが好きになってしまっているのかもしれない。

ドアが開く音がして慌てて涙を拭った。リビングに入ってきた隆生さんと目が合った。

「まだ起きてたのか？」

「おかえりなさい。遅かったね」

「今大事な時だからな」

話している途中で私の顔をじっと見つめてくる。

「泣いてたのか？」

笑顔を作ったけどごまかしきれなかったみたいだ。近づいてきて心配そうな瞳を向けられる。

「どうした？」

仕事で疲れている隆生さんに話しかけてもいいのだろうか。

せっかく作ってくれたチャンスだ。口を開こうとした時、隆生さんは意を決したように見つめてきた。

「ひまり？」

「俺は、このまま結婚生活を続けていきたいと思ってる。けれどひまりが苦しいならちゃんと言ってほしい。ただ俺も大切にしたいと思える人にやっと出会えた。だからここで諦めるわけにはいかない。俺にチャンスをくれないか？」

「え……？」

予想外の言葉に目を見開く。

「ひまりには好きな人がいるって言ってたよな」

あの時は、まさか隆生さんのことが好きだなんて言えず曖昧にそんなことを言ってしまったことがある。

「木下なんだろ?」

違うと否定しようとしたのに彼は言葉を続ける。

「たしかに彼は若くて優秀で頼りにしている社員の一人だ。惹かれてしまうのも頷ける。だけど、俺のほうがひまりのことを大切にする自信はある」

まるで告白されたような言い方だった。弁明しようとすると「今は何も言わなくていいから」と、あまりにも強い圧力だったので私は黙って頷く。

それほど彼は真剣に私のことを思ってくれているという証拠だ。でも木下さんを好きだということは否定しなければ。

「あ、あのね。木下さんのことが好きなんじゃないの」

「え?」

「困ったことを助けてくれたことがあって、それから話しかけられることが多くなってね。連絡先も交換してくれって言われて断りきれなくて……。まだ結婚しているということも言えないし」

「そうだったのか」

少し安心した表情を浮かべたがまた眉間に深くしわを寄せる。

「他に好きな人がいるってことか？」

「……っ」

心の中まで覗かれてしまいそうなほどの強い視線だった。私は頬が熱くなって呼吸が荒くなる。気持ちは言わなきゃ伝わらないのだ。

「実はね、隆生さんに小さい頃から……憧れていたの。隆生さんに……嘘ついてごめんなさい」

彼はすぐには信じられないようだった。

「……嘘だろ。そんな素振り見せなかったじゃないか。食事に誘ったこともあったのに断っただろう？」

食事に誘われたことなんてあっただろうか。

「パーティーの時に助けてくれて、お礼がしたいから食事に行こうと誘ったのに全力で断ってきたんだ」

悲しそうに言ってる姿を見てあの日のことを思い出した。

まさか私なんて一緒に食事に行ける身分じゃないと思っていたからだ。決して隆生さんのことが嫌いだとかそういうことじゃなくて。

「ひまりは優しいから気を使わせてしまっているのかもしれないな。無理をしなくてもいいから俺にアプローチするチャンスをくれ」

「……本当なのっ」

「ありがとう」

言葉ではありがとうと言っているのに、絶対に私の言葉を信じていない様子だ。

今まで私が他の男性を好きだと信じ込んできただろうから、いきなり信じるのは難しいかもしれない。

それは私も同じで、幼い頃から父にダメな人間だと言われてきた。こんな私のことを好きだと思ってくれる人がいるのだろうかと疑ってしまう。

「忙しいのにごめんなさい。私のダメなところがあったら直すから言ってほしい。これからは今までみたいに普通に接してほしいの」

「え?」

「避けられて寂しかった」

私の言葉の意味を理解したようだった。

「ひまりが悪いなんて一つも思っていない。逆に俺がひまりを縛りつけて申し訳なくて合わせる顔がなかったんだ」

意味がわからなくて彼の瞳を見つめる。本当に悲しそうな目をしていた。

我慢していたのに涙があふれてくる。

実家にいた頃は、父に嫌味を言われた時は絶対に涙なんか流さなかったのに、隆生さんの前だとなぜか素直に泣けてしまうのだ。不思議でたまらない。

「ひまりは、どうしてそうやって自分を責めるんだ？」

「自己肯定感が低いのかもしれない」

つい本心が口から出てしまう。

「……こんな話をするのは恥ずかしいんだけど、幼い頃から父に私が全部悪いって言われて育てられてきたから」

隆生さんは長い腕で突然私のことを抱きしめてきた。

「……ひまり」

隆生さんが私を抱きしめる腕に力が込もる。

「キッカケとか、あったのか？」

いくら話しやすいからってすべてを打ち明けたら、隆生さんは私の家族のことをおかしいと思うかもしれない。それが怖くてなかなか言い出せなかった。

「俺はひまりのすべてを知りたい。もしよければ教えてくれないか？」

真剣な思いに負けて、私は重い口を開いた。

「私は母に、姉は父に似ていて。祖父は婿養子の父のことを厳しく育てていたの。大事な会社だし、経営者として任せたいという思いが強かったと思うんだけど。それが気に食わなかったのかわからない。祖父が亡くなってから私と母に強く当たるようになった。姉も私のことが目障りだっていつも言ってた。ある日作文コンクールで優秀賞をもらって表彰状を持って帰ったら、目の前で姉にビリビリに破られたの。その日から、姉にも父にも逆らわずに決められた道を歩いてきた」

「……ずっと辛かったんだな。隣に暮らしていたのに、気づいてやれなくてごめん」

「隆生さん、謝らないで」

彼は私からそっと離れて視線を合わせた。

「ひまりが大切な話を聞かせてくれたから、俺も隠さないで自分のことを話そうと思う」

何か大きな秘密を抱えているのかもしれないと思い、心臓がドキンと跳ねた。

「俺は……本当は初めからひまりがよかったんだ」

耳を疑う。夢でも見ているのだろうか。

「しかし、俺は幼い頃から父親の敷いたレールの上を歩いて生きてきた。素敵だと思っている人がそばにいるのに、父の言うことを聞くことが俺の定めだと思って、今野家の長女と結婚することを受け入れた。ただずっと後悔していた」

じっと耳を傾け、時には相槌を打って聞いていた。

「幼い頃からひまりにはいい印象しかなかった。いつも笑顔で挨拶をしてくれるし、仕事の覚えが早いし丁寧にやってくれる。そしてうちの会社に入社して働くようになってからも、賢い子だと思っていた。そしてうちの会社に入社して働くようになってからも、困っている人を率先して助けようとする。その上こんなに近くにいるのに、激しくアピールしてくることもなかったし」

隆生さんの周りにいる女性は、自分にチャンスがあるからかもしれないと思うとアプローチがすごいらしい。

仕事関係で関わっているだけの人なのに、しつこく声をかけられているところを見たこともあった。

「だからひまりの姉さんが逃げた時は心の中でガッツポーズを作ってしまった。本当は初めから気持ちを伝えて結婚生活をするつもりだったんだが、ひまりに好きな人がいるというのを聞いてしまって」

私を抱きしめる手を離した。

「自分の元から離したくない。しかし縛りつけておくことは本当に好きな人にとって幸せなことなのだろうかとこの数日間ずっと考えていたんだ」

隆生さんは優しいから真剣に悩んでくれていたのだろう。

「私たちが夫婦としてこれから共に歩んでいけるか、少しずつお互いのことをもっと知っていければいいな」

「あぁ、そうだな。そうしよう」

隆生さんは私に手を出してきた。私も笑顔を作って握手をした。

＊　＊　＊

それからも木下さんは私を見つけるたびに話しかけてくる。

食事に行こうとか休みの日にデートしようとか何度も誘われるが、はっきり断らなければいけない。

そんなことを考えながら給湯室でお茶の準備をしていた。すると足音が聞こえてきて振り返るとそこに隆生さんが入ってきたのだ。

いつもは副社長室という密室で二人きりなので、他の人に会話を聞かれる心配もないし結婚していることがバレてしまう緊張感はなかったのだが……。

「ひまり、今日はホットコーヒーを用意してもらえるか？」

「うん、わかった」

思わず家で会話しているかのような口調で話してしまい口をつぐむ。誰に話を聞かれているのかわからないのだ。

「お持ちいたしますので少しお時間ください」

あえて敬語で話すと彼は柔らかく微笑んだ。

「あぁ、待ってる」

給湯室から彼が出て行くと、私は息を大きく吸い込む。

『俺にアプローチするチャンスをくれ』

その破壊力がありすぎる言葉が頭の中で何度もリピート再生される。

私も隆生さんのことを大切に思っていて、心から愛していると彼に伝えていきたい。

コーヒーの準備が終わり、副社長室に向かう。

ノックをして入室し、仕事の邪魔にならないように机の端にマグカップを置く。

「ありがとう」

「いえ。……あの、先ほど癖で下の名前で呼んでたよ」

「そうだったな。悪かった」

いずれは夫婦だと公表されるけれど、今はもう少し隠しておかなければならない状況だ。まず先にしかるべきところに説明する必要がある。

「今夜は早く仕事が終わりそうだ。デートをして帰らないか?」

まさかの誘いに私は驚いたけど断る理由なんてない。

「でも……」

「大丈夫だ、人に見つかりにくいところ。いいか?」

「うん、楽しみにしてるね」

そう言って副社長室を出た。

一日の仕事が終わり、帰る頃にメッセージがスマホに届く。開くと地図が送られていた。会社から一緒に行くのは見つかる危険が大きいので、待ち合わせの場所に直行することになった。

そこは隠れ家的な洋食屋さんだった。

店内に入ると個室で六席という小さなお店だった。外観からも老舗というのが伝わってくる。

ドアを開けるといい香りが漂っていた。

「いらっしゃいませ」

品のいい白髪のマスターが笑顔で出迎えてくれる。

名前を告げると席に案内された。テーブルの上ではろうそくがゆらゆらと揺れてい
て、運ばれてきたグラスの水を照らしていた。

照明が暗めで落ち着いた音楽が流れている。歴史のある建造物らしい。

完全予約制なのでプライバシーもしっかり守ってくれそうだ。

座って待っていると、しばらくして隆生さんがやってきた。

彼はマスクをしていて顔が人にバレないようにしているようだ。私の目の前に座り
マスクを外した。

「ここのオムライスは本当に美味しいんだ。食べてもらいたいと思って」

「そうなんだね。じゃあオムライスにする」

オムライスを二つ注文し見つめ合う。

「正式に結婚を発表したらもっといろいろな場所に行きたい。ひまりが俺と一緒に出
かけて楽しいと思ってくれたらいいんだけど」

「楽しいに決まってるよ」

「そうか？」

小さな声で会話をしているとオムライスが運ばれてきた。

黄色くて昔ながらのオムライスにデミグラスソースがかかっている。オムライスの横には大きめのエビフライが戴っていてとても豪華だ。

「いただきます」

スプーンを入れると中からは輝くケチャップライスが現れる。口に入れるとトマトの酸味と甘み、そして卵の旨味《うまみ》が一気に広がった。

「美味しい！」

「そうなんだよ。ここのオムライスを食べたら、他のオムライスが食べられなくなってしまう」

リラックスした表情でオムライスを食べている隆生さんのことが愛おしくて仕方がない。

これからも彼と美味しいものをたくさん食べて、時間を共有していきたい。

この空間にいるとすべてのものが輝いて見えるのは気のせいだろうか。もしかしたら隆生さんが私の世界を輝かせてくれているのかもしれない。

食事を堪能した後、水族館に行くことになり、私たちはタクシーで向かった。

隆生さんがインターネットで人に見つかりにくいデートスポットというのを探して

くれたらしい。

それで水族館というのは照明が暗いのと、ほとんどの人が水槽に目を奪われているので見つかりにくいとか。私も隆生さんもマスクをして帽子を被った。

確かに、館内は暗くなっていて水槽に目が奪われている人が大多数なので逆に安心かもしれない。

周りには手をつないで歩くカップルや、キスをしている人までいる。甘い雰囲気だった。その中に私たちが溶け込んでいて不思議だ。

これからもずっとそばにいたい。

そして隆生さんの赤ちゃんを産んで育てたい。そんな気持ちに支配される。

私が本気で好きだというのも信じてもらえるよう、努力していこう。

外見も内面も美しくなって、前向きな思考に変えていけたらと思えるようになった。

＊　＊　＊

先日の幸せなデートの時間を思い出しながら、ロッカールームで帰る仕度をしていた。

今日は隆生さんのリクエストで、サケのホイル焼きを準備する予定だ。

「あの。ちょっとお話ししたいことがあるんですけど」

光を一瞬で消されたような気持ちになり、振り返るとそこには静井さんがいた。

「何でしょうか？」

腕を組んで威圧的な態度でこちらを睨みつけてくる。

周りにいる人たちも興味ありそうな視線を送っていたが、あまり関わらないようにしようという空気が流れていた。

「本当に、副社長とただの知り合いですか？」

「……そうです」

まさか本当のことはまだ言えない。私は内心、怯えていた。

「この前、下の名前で呼ばれていたのを聞いちゃったんですよ。もしかして付き合ってるんですか？」

その質問に休憩室がシンと静まり返る。

嘘をつくのは心苦しかったが私は全力で否定しようと首を横に振った。

「申し訳ないですけど、あなたは副社長のことが好きかもしれないですけど、彼の隣を歩くにはふさわしくないです。こんなに大企業の副社長なんですから、そこら辺はわきまえてください」

そんなこと言われなくたって充分承知している。

私だって悩んでいたけれど、でも今は前を向いて歩こうと心を入れ替えた。と言い返したいところだが今は何も言えない。

「営業部の木下さんとも付き合っていると噂が広まってますよ。もしかして二股かけてるんですか？　純粋そうな人に見えても、何をしているかわからないものですよね」

わざと他の人に聞こえるような言い方をしてくる。ちょっとひどい性格だなと思いつつ、気にしないようにするしかない。

「二股なんて、ありえません。事実無根です」

否定しなければと勇気を出して声を上げる。

「副社長に関わらないでもらえませんか？」

静井さんは一体、隆生さんの何？　美しくて綺麗だけど発言があまりにも飛躍している。

「急いでるので、失礼します」

これ以上話を聞いていても埒《らち》が明かないと判断し、ロッカールームから退出した。

すると、タイミング悪いことに木下さんが廊下を歩いていたのだ。しかも、後ろから静井さんが追いかけてくる。

「ひまり、お疲れ！　これから飯でも食って帰らないか？」

「ごめんなさい。一緒に食事はできないです」

「何でだよ」

私の腕をつかんでくるので本当に困ってしまった。

静井さんがヒールを鳴らしながら近づいてくる。

「木下さん、その女、二股かけてますよ」

「何だって？」

というか、そもそも付き合っていないのに、変な話に巻き込まないでほしい。

「いい加減にしてください。私は木下さんとお付き合いをしていませんし、申し訳ないですが、これからもそのつもりはありませんので」

困惑しながら伝えると木下さんは今にも泣きそうな表情を浮かべる。

「今まで距離を詰めてきたのに、そんなこと言わなくたっていいじゃないか」

それは勝手に木下さんが思っていることであって、私には関係ないことなのだ。それなのにまるで特別な関係だというように言われて気分が悪い。

「営業部の若手ホープを弄ぶなんてひどい人ですね。そんなんだったら副社長とお付き合いするなんて向いてないんじゃないんですか？　やっぱり私のような女性じゃないと副社長にはふさわしくないですよ」

昔の漫画に出てくるようないかにものキャラクターみたいで、逆に私は平常心でこの状況を見ていた。

足音が聞こえてきた。そこに登場したのは隆生さんだ。

余計な心配をかけたくなかったので、こういう場面には遭遇してほしくなかった。

隆生さんは冷静な表情を浮かべながらも、私のことを心配するのが伝わる。

「廊下で何を揉《も》めているんだ」

威厳のある声が廊下に響いた。全員の視線が隆生さんに向く。

「ふ、副社長っ」

静井さんの瞳が一気に輝き出す。

「あなたは受付の静井さんだな」

「は、はい。名前を覚えていてくださったなんて光栄です！」

「今話を聞いていたが、不適切な発言があったように思う。副社長にはふさわしくない？　これは俺が決めることであって、あなたが決めることではない」

静井さんの勝手な発言を言葉のナイフで切り裂くようだった。静井さんは顔色がだんだんと悪くなっていく。

「申し訳ありません……」

「自分の勝手な想像や判断で人を傷つけるという行為はやめるように」

「はい。申し訳ありません」

静井さんはかなり落ち込んでしまっている。気の毒でならないが、私には黙ってみていることしかできなかった。

「俺と結婚するだとか言いふらしているという情報が入ってきたが、断じてそれはありえない。勝手なことを言うようであれば、仕事をしてもらうのもいろいろと検討する必要がある」

「……」

「次にまた同じようなことがあれば、速攻で進退を考えてもらう」

厳しい声音だった。

静井さんは涙を流す。

「大丈夫か？」

木下さんが今にも倒れてしまいそうな静井さんに話しかけている。

「体調が悪いのでしたらタクシーの手配をしましょうか？」

隆生さんの後ろでやり取りを見ていた秘書の岡田さんが話しかけた。

「いえ、ちゃんと帰れますので、ご心配しないでください……」

少し冷たいようにも見えたが隆生さんはその場から去っていった。

私は放っておくことができずに寄り添う。

「……近くまで送っていきましょうか？」

「いらないわ」

ムッとした表情を浮かべてエレベーターに向かって歩く。

そのやり取りを見ていた木下さんは、眉毛が下がった表情をしてこちらに視線を移す。そして頭を深く下げたのだ。

「勘違いしてしまってごめん。ずっと嫌な思いをさせていたんだな。これからは同僚として付き合ってくれたらと思う」

やっと理解してくれたと思い安堵《あんど》が胸に広がる。

あと数ヶ月しか顔を合わせることがないかもしれないが、一緒に働いているうちは気持ちよくお互いに過ごしていきたい。

「こちらこそ、よろしくお願いします」

私は素直に受け入れた。木下さんは階段に向かった。

これで話を終わらせて帰ろうと思ったけれど、やはり私は彼女のことが心配で追いかけた。

私に気がついた静井さんは、少し嫌な顔をしたけれど何も話さなかった。

エレベーターが到着し一緒に乗った。

「今まで私に振り向かなかった男性なんていなかったの。副社長はやっぱり特別な人ね」

「そうだったんですね」

「いつも周りに男の人が寄ってきて可愛いとか好きだとか言うの。だから男の人に興味がなかったんだけど、副社長の姿を見た時は初めてときめきを覚えたわ。でもあんな風に嫌われてしまうなんて」

切なげに笑う。

エレベーターから降りてセキュリティを通過し玄関に向かう。

「副社長は、どんな人と結婚するんだろう」

今はまだ伝えることができなくて心苦しい。

公表することができた時、今こうして話を聞いていることが嫌味になってしまわないかとか、いろんなことが頭の中で駆け巡った。

「若い頃の副社長ってどんな感じの人だったんですか？」

「あのままです。いつも冷静で。でも子供の頃遊んでくれた時はすごく優しい一面もありました」

オフィスビルを出て駅の方向に会話を続けながら歩いていた。すると、彼女はだんだんと柔らかい表情に変わっていく。

「八つ当たりしてごめんなさい。振り向いてくれないことを誰かにぶつけたかったのかもしれないわ」

案外素直な部分もあるのだと私は拍子抜けした。きっと憧れであって、隆生さんのことを本気で愛していたわけではないのだろう。

「副社長に負けないぐらい素敵な男性に出会えるように頑張るわ」

切り替えが早いので驚いた。私だったらずっと引きずってしまいそうだったから。

彼女と方向が別々だったので、途中で別れて私は帰宅するために家に向かった。

今回のことで精神的に疲れてしまったが、結婚が公表されたらもっと嫉妬の目を向けられるだろう。

心ないことを言われ傷つくこともあると思う。でも私はこれからも共に歩こう。覚悟を決められた出来事だった気がする。

少し遅くなってしまったので料理が間に合わない。どうしようか悩んでいると隆生さんが帰宅した。玄関に迎えにいく。

「ただいま。大丈夫だったか？」

「おかえり。あの後彼女と少し話し込んでしまって料理をする時間がなかったの」

「そんなことは構わない」

彼が近づいてきて私のことを思いっきり抱きしめた。

「もしかして前からああいうことがあったのか？」

心配をかけるので、あまり余計なことは言わないようにしていた。

「すぐになんでも言ってくれ」

「気にしなくても大丈夫」

「少し早めに退職させてもらえるように相談してみようか？」

今は五月下旬だが、後任もまだ決まっていない。

具体的に動けないのだろう。今辞めてしまえば迷惑をかけることも確実だ。

「こんなことで負けていられないよ。結婚したことが公表されたらいろいろあるだろうから。私ももっと強くならなきゃと思ってるよ」

微笑んで言うと彼は頬を赤くして顔をゆっくりと近づけてきた。

そして帰宅した直後なのに私たちは玄関で甘いキスをした。

こうして自然に唇を重ねてくるようになり、動揺しながらも幸福感に満たされている。

永遠にこの幸せが続けばいい。隆生さんも同じことを思ってくれているだろうか。

「ひまり、俺の奥さんになってくれてありがとう」

自分も何か伝えなければと思うけれど、どうしても自信がなくて言葉が出てこない。

幼い頃から植え付けられた負の感情が作用しているのだろう。

「今日は手の込んだものが作れないけど、大丈夫?」

「疲れてないなら、お願いしようかな」

「すぐ作るから待っててね」

冷蔵庫を覗き、おつまみになるようなものを作る。そして私たちは晩酌をしながらゆっくりと夜の時間を過ごしたのだった。

静井さんの騒動があってからオフィス内では、私が副社長と交際しているという噂が流れてしまっている。

化粧室にいるとジロジロ見られ、廊下を歩けば物珍しそうな視線を注がれた。そのたびに自分の容姿が嫌になる。あと十センチ身長が高かったらとか、目が大きければとか。

それでもあまり気にしないように過ごしていたら、噂だったのかとその話題はだんだんと消えていた。

＊　＊　＊

今日は会社の設立記念日で、創業百周年ということで大々的なパーティーが会社近くのホテルで開かれていた。

数千人の社員と来客者を招いての会だ。会社にとって大きなイベントなので、役職者や関わる人は準備で大忙しだった。

無事に当日を迎えることができ、社員たちは思い思いドレスを着てめかしこんでいる。

私も隆生さんが用意してくれた薄紫色のドレスを身にまとっていた。露出は激しいものではなく、肩にショールを羽織っている。

用意してくれたアクセサリーもバッグも靴も超一流品だ。

髪の毛はアップにまとめてメイクもし、いつもよりは華やかに施した。

パーティーが始まり、今までの歴史が上映される。

それが終わるとステージ上に取締役が立ち、中心部にいる社長が挨拶をする。

その隣にいる隆生さんを見ると、やはり彼はすごい人なのだと思い知らされた気がした。

私はまだ今は遠くから見ることしかできない。そして彼の隣に立っても恥ずかしくない人間になろうと改めて決意する。

役員の挨拶が終わると豪華な食事が準備され、立食形式で思い思いに食べていく。

途中でプロのアーティストが歌ってくれたり、芸人さんが参加して芸を披露してくれたり楽しい時間を過ごした。

三時間のパーティーはあっという間に終わる。

来年の今頃は社員を辞めているので、もう参加することができないのだと思うと少し寂しい気持ちになっていた。

家に戻ってくると隆生さんもすぐに到着した。

「おかえりなさい。本当にお疲れ様でした」

「いいパーティーだったな」

「うん」

隆生さんは私に熱い眼差しを向けてきた。

その瞳に見つめられるだけでドキドキとして心臓が胸から飛び出てしまいそうだ。

「ひまり、ドレスすごい似合ってる」

「隆生さんが用意してくれたから。ちゃんと着こなせるか心配だったけど、そう言ってもらえると嬉しい」

「もう一度、二人だけで乾杯しようか」

「そうしようか」

誘われて家にあるワインセラーから隆生さんは赤ワインを持ってきた。グラスに赤い液体を注ぎチーズやナッツをおつまみに用意する。

「百周年、本当におめでとう」

「俺は大した力になれていないが、先代たちが頑張ってきてくれたから今があると感謝しているよ」

「私にできることはしていきたいし、一番の味方でいたい」

覚悟を決めて伝えると彼は頷いた。

「よろしくな。頼りにしてる」

見つめ合うと頭がクラクラする。アルコールに酔ってしまったのかな。いや、違う。

隆生さんの魅力に落ちているのだ。

そして隆生さんは、ワイングラスをテーブルに置いて顔をゆっくりと近づけてきた。

私は瞳を閉じる。二人の唇が重なり合う。

そして彼は私の背中に手を回してきた。

その手のひらがすごく熱い。

いつも以上にキスが深くなっていき、とろけてしまいそう……。

唇がそっと離れると私の下唇を隆生さんは親指で触れてくるのだ。

「唇を開けて」

言われた通りに口をそっと開くと彼は舌を滑り込ませてきた。二人の舌が絡み合う。

「ひまり、愛してる」

その言葉がダイレクトに胸に届いてキュンとなった。

嬉しさと喜びが混ざった不思議な感情で、私も彼に応えたいと手を伸ばして彼の両頬を包み込んだ。

少し大胆なことをしている気がしたけれど、彼にもっと触れたくなってしまった。

隆生さんの頬に触れた手を彼の手で包み込んでくれる。大きくて温かくていつまでも触っていたい。

「ひまりは、俺のことどう思っている？」

前から何度か好きだと伝えてたけれどまだ信じてもらえてないみたいだ。ここは絶対に信じてもらいたい。

「抱いてほしいと思っているほど……好き」

恥ずかしくてたまらないけれど発言した。それなのに彼は止まってしまった。そして頬も耳も真っ赤に染めて瞳で私のことを見つめている。

「そんなに可愛いことを言うと、本当に最後までしてしまうぞ」

「うん、いいよ」

肩にかかっているショールが外されると、ノースリーブタイプなので肌が露出される。

その私の肩に彼は唇を押しつけてきた。

今までは怖いとか不安とかそういう気持ちが大きかったけれど、大好きな人と一つになりたいと日に日に思いが膨らんでいた。

「大切にする」

隆生さんは私のことを横抱きにして寝室へと運んだ。

目が覚めると温《ぬく》もりを感じた。彼の腕の中にいたのだ。

不安は初めだけで、安心感が包み込み怖くなかった。そして今までに経験したことがない幸せな時間だった。

夢だったのではないかと思ってしまう。

体を回転させると隆生さんはすでに目を覚ましていて、至近距離で視線が絡み合った。心臓がドキンとして頬が熱くなる。

「おはよう」

低くて甘い声で囁《ささや》かれ背筋に甘い電流が走った。

「ひまりを離したくない」

「……私も離れたくない」

微笑みあって朝から口づけをする。

「今日から一緒にベッドで眠らないか？」

「うん」

「ありがとう。大事にするから」

好きな人と身も心も結ばれた。

こんなに穏やかな時間を過ごせるなんて思っていなかったから私は幸せで胸がいっぱいだった。

出勤準備を済ませて別々に会社に向かう。

電車の中でも昨夜のことを思い出して頬が緩んでしまった。

会社の最寄り駅で降りて歩いているとスマホにメッセージが届く。送り主を見て気持ちが一気に下がった。

『ひまり、今のところ離婚とかそういう話出てないの？　ちゃんと妻としてやっていってるの？』

姉からだった。

どこかイライラをぶつけられたような文面で嫌な気持ちが胃の辺りに溜まってカァッと熱くなる。

もう彼女とは関わりたくない。でも、血縁関係なのでそれは避けられないことなのだろうか。

『お姉ちゃんが心配するようなことはない。ちゃんと結婚生活を続けてるし、十月には予定通り結婚式をするから心配しないで』

『お姉ちゃんとして心配したんだから感謝しなさいよ。情報解禁になるまで誰にも言わないこと。あれだけの大企業なんだから、誰かに知られたら大変なことになるからね』

珍しく心配してくれているのかなと少しだけ感じた。

姉は姉でどこかで大切な人と暮らして、私のことを少しでも考えてくれているのかもしれない。

返事を送ると会社に向かって歩き出した。

第四章　まさかの再会

七月になり毎日暑くて、汗をかいて不快な毎日が続いていた。

太陽の日差しが強すぎて呼吸も苦しくなってくる。しっかりと水分補給をしなければと思いながら通勤する毎日だ。

今日も仕事が終わって家に戻る途中だった。

隆生さんは接待があるとのことで夕食はいらないと言っていた。

私は暑さのせいもあり体調が悪かった。食欲がなく体がだるい。

冷たいものでも飲んでから帰ろうと、いつも行かない道に向かって歩き出す。

どこかカフェがないかと思って探していると、突然目の前に男性が現れた。

半袖のシャツにスラックス。大きな鞄《かばん》を持ち暑そうにしている。誰だろう。

襟足の長めの髪の毛と細くて鋭い目……どこかで見たことがある。

「ひまり？　やっぱり、ひまりだよな！」

「え、小池《こいけ》君？」

高校時代の同級生にばったり遭遇した。

「元気だったか？」

「元気だったよ。まさかこんなところで会うなんてびっくり」

「今一人？　もしよかったらせっかくだからお茶でもして帰らない」

私もお茶を飲もうと思っていたところだった。

男性と二人きりというのは少し抵抗があったが、学生時代の友人であれば、隆生さんも気を悪くしないはずだ。

でも彼は学生時代に私に告白をしてきたことがある。どうしようか迷っていると手を引いてきた。

「ちょっと」

「少しくらい、いいじゃん」

中に入ると空いてる席がいくつかあり、私を窓際の席に座らせた。

「今日は本当に暑いね。何飲む？」

「あ、えっとオレンジジュース」

「了解」

あまりに喉が渇いていたし、あっという間に注文してくれたので、断るタイミングを完全に見失った。

ドリンクが運ばれてきて冷たいものを飲む。

「生き返る！」

「あはは、本当に暑いよな」

「温暖化のせいなのかな」

「うん。どうだろうな。いやでもさー、まさかこんなところで会えると思ってなかったよ。あまり同級生と会えてなくてさ。ひまりは、誰かと会ってる？」

「全然会ってないよ。小池君は、何してるの？」

彼は名刺を差し出した。そこには『緑進社《りょくしんしゃ》記者』と書かれている。

「すごいね。こんな仕事をしているんだ」

「すごくないよ。なかなか大変だけど、やりがいがある仕事だと思ってる。悪を暴いてやるんだって毎日頑張ってる。大物政治家とか、大手企業の代表とか、悪いことをしてないか調べてるんだ。社会的地位がある奴《やつ》に限って人には言えないことをやっている人っているんだよなぁ」

「普段何気なく雑誌や新聞に流れている記事は小池君たちが書いているんだね。まさか同級生がそんな仕事をしていると思ってもいなかったよ」

小池君は、アイスコーヒーをゴクッと飲んで笑った。

「ひまりは、今何してるの？」

「KGモーターで事務の手伝いをしてるよ」

「へぇ、頑張ってるじゃん」

それから小池君と学生時代の話で盛り上がり、一時間ほどして帰ることになった。

「今度、同窓会でもしようよ。連絡先教えてくれるか？」

「いいよ」

連絡先を交換すると、空気が変わった。小池君の瞳が探るような雰囲気になる。

「ひまり、結婚は？」

「……まだ、してないよ」

嘘をつくのは慣れていないが、必死で冷静を装う。

「まだってことは、相手はいるの？」

恋人はいると言ったほうがいいのか、悪いのか。

「いないなら、デートしようよ」

「ごめんなさい。今度……紹介するね」

「え、付き合っている人いるんだ？　どんな人？」

昔から言葉は多いほうだったけど、記者になった小池君は質問が多い気がした。

「いつか、紹介するね」

「約束だぞ」

小指を出してきたので、指を絡ませた。そうしないといつまでも解放してくれない気がしたから。

「また近いうちに会おう。連絡する」

「じゃあ、ね」

私は駅へ向かって歩き出す。

外はやはりまだ暑くて、なんだか気持ちが悪くなってきた。あまり無理をしないようにしなければいけない。

ウェディングドレスも出来上がったし、順調に結婚式に向けて準備が進められていた。

隆生さんと夫婦になったことを近い未来には人に隠さないで済むようになる。だから今はもう少しこのまま人に言わないで頑張っているしかない。

あと一歩のところで結婚していることが世間に知られてしまえば、今まで隠してきたことが台無しになってしまう。

だるい体を引きずって家に戻ってくると母から着信があった。

「もしもし、お母さん？」

『ひまり……元気にしてる？』

明らかに声のトーンが暗かった。

「お母さんは？　お父さんにいじめられてない？」

『お母さんの心配はしなくていいのよ』

否定をしないということは、うまくいっていないのだろう。

私も姉も家にいないので、母はいつも怯えて暮らしているのかもしれない。想像するとかわいそうで胸が痛くなってくる。

「……お母さんをどうにか救出したい。でもどうしたらいいかわからないの。もし、隆生さんに相談することができたらと思ってるんだけど」

『そんなことは気にしなくてもいいの。とにかく家のために結婚してくれたひまりが幸せに暮らしているかどうかだけ心配なのよ』

「うん、ありがとう」

電話を切って、私は隆生さんが帰ってくるのを待っていた。

母はきっと辛く苦しい思いをしている。

救いたい気持ちは強いが、そこまで隆生さんに頼ってもいいのだろうか。なかなか相談しにくい問題だ。

そんなことを考えていると、二十三時になり彼が戻ってくる。

「おかえり」

「ただいま。先に眠っていてもよかったんだぞ」

お土産だと言ってカップのアイスを差し出してきた。

「美味しそう！」

「こんな時間に食べたら体に悪いな。でもこういう暑い日は冷たいものが欲しくなるんだよ。一緒に食べないか？」

「食べる！　実はあまり食欲がなくて、今日ほとんど食べられなかったんだよね」

「そうか……」

近づいてきて、私の前髪を手のひらで上げ、隆生さんは額を私の額につけてきた。

「熱があるようには感じないが……」

「多分、夏バテだと思うよ。食べようよ」

袋の中には、何種類かアイスが入っていた。いつもならチョコチップクッキーやストロベリー味など、甘いものを選ぶのに今日はゆずシャーベット味をチョイスした。

隆生さんはラムレーズン味だ。

私たちはテラスに出て、ソファに座ってカップアイスを食べる。

「美味しい！」

「ひまりがゆずシャーベットを選ぶなんて珍しいな」

「うん。この暑さで参っているのかもしれない」

「無理だけはするんじゃないぞ。体調が悪かったら会社を休んで病院に行くこと」

「心配してくれてありがとう」

「当たり前だろう？　俺の大事な奥さんなんだから」

奥さんって言われて照れるけど、嬉しい。

彼の言葉で熱くなった体を冷やすようにアイスを口の中に放り込む。

冷たさが体に染み渡り、リラックスしていく。

夜景を見ながら海風を感じながら、外はまだ蒸し暑いけどアイスを食べるなんて最高だ。

「一口交換しようか」

「うん」

「あーん」

素直に口を開くと隆生さんが食べているラムレーズン味が口の中に広がっていった。

「大人な味がして美味しい。隆生さんも食べる？」

「あぁ、食べる」

一口あげようとしたら顔が近づいてきて唇を奪われてしまった。そして彼は色っぽく自分の唇をペロリと舐《な》める。

「美味しいな、たしかに。もう一口」

甘く囁いてまた口づけをされた。だんだんとキスが深くなっていく。

アイスクリームが溶けてしまう……。

そんなことを思いながらも私は愛する人の口づけを精一杯、受け止める。

そのまま私はソファに押し倒されてしまった。

大好きな人が自分のことを求めてくれているという幸福感に溺れてしまいそう。胸がキュンとなって、涙があふれそうになる。

「隆生さん……」

「ん？」

「どうしようもなく……好き」

彼は小鳥の羽毛のように優しく笑った。

「俺もだ。俺等はもう偽装夫婦じゃないよな？」

彼も不安なのかこうして時折二人の関係を確かめることを聞いてくるのだ。スタートが普通とは違ったので、お互いに不安になってしまうことは仕方がない。

「私は本物の夫婦だと思ってるよ」

「あぁ……」

彼の胸の中に抱きしめられる。

心臓の鼓動の音が聞こえてきて私も安心する。

蒸し暑い夜だというのに私たちは抱き合いながら何度もキスを繰り返していた。

『社員一人一人の声に耳を傾けることが、当たり前であって難しいことなのかもしれません。一人一人生活パターンも違いますし、そこを会社として丁寧にヒアリングすることから始まるのではないでしょうか』

昨日の夜は遅くまでキスをして、そしてベッドの上でたっぷり愛された。

その相手が情報番組のコメンテーターとして爽やかな表情で画面に映っている。

隆生さんってすごい体力の持ち主だなと感心しながら、私は朝食を済ませた。

隆生さんのスケジュールを確認していると、かなり忙しそうなので心配でたまらない。

お義母様が言っていたように、家に帰ってきた時ぐらいはリラックスできるような空間を作ることがせめて私ができることだ。

仕事が終わって帰ろうとするとスマホにメッセージが届いた。先日偶然会った小池君からだ。

『会いたいんだけど、時間もらえないかな？』

今度は同窓会の時にと約束したのに、こんなに早く連絡が来るとは思わなかった。

頻繁に会うのは避けたい。何人かで集まるならまだいいけれど……。

当たり障りのない返事をする。

『ごめんね。ちょっといろいろと忙しくて……』

間髪入れずにラリーが返ってくる。

『俺、学生時代にひまりのこと好きだったの覚えてる？』

『ごめん……覚えてるけどちょっと忙しいの』

『ずっと忘れられなかったんだ。やっと会えたんだから、少し付き合ってくれてもいいだろう？』

少ししつこいと思ってしまった。どうしたら引き下がってくれるのだろう。

既読をつけないでしばらく考えているとメッセージが矢継ぎ早に届く。

『KGモーターの副社長のとっておきの情報も実は持ってるんだ』

意味がわからなくてキョトンとしてしまった。

しかし、少し考えたらすぐにわかる。彼は大手出版社の記者をしていると言っていた。

大物政治家や大手企業の社長を相手に仕事をしている。

要するに会ってくれなければKGモーターの副社長を記事にすると言っているのだ。

ざわざわと背筋に嫌なものが走っていった。

『情報って何？』

思わず返事をしてしまう。

『今夜、十九時。恵比寿《えびす》駅前の居酒屋で』

実際に会いに行かないと教えてくれないという意味だろう。

行きたくないけれど、もしここで行かなかったら、隆生さんが雑誌のネタに書かれてしまう。

彼はただの経営者ではなく、コメンテーターとしてメディアにも露出をしているので、話題になりやすいのだ。

ネタとして書けば面白く取り上げられる。だから絶対に隆生さんを守らなければ。

私の同級生が関わっている案件なら、私が迷惑をかけるのと同じ。

仕方がなく私は小池君に会いに行くことにした。

そして隆生さんには急遽用事ができてしまったので、帰りが少し遅くなると断りのメッセージを送信しておいた。


重い気持ちを引きずって、オフィスを出た。

どんなネタを持っているというのか。デマかもしれない。でも重要なことだったら。どちらにしても記事にされるのは阻止しなければいけない。

約束の時間に行くと小池君は爽やかな笑顔で手を振っていた。

「会いに来てくれたんだな」

「卑怯《ひきょう》な手を使わないで」

「副社長のことになると必死なんだ？　秘書課で働いているんだって？」

「そんなことまで知ってるの？」

教えてないのにどこから調べたのだろうか。

「記者をなめないでほしいな。俺はこれで食べていってるんだから」

私と隆生さんのことをどこまで知っているのだろうか。

「さ、とりあえず居酒屋デートということで。何飲む？　ビールでいい？」

「お酒は飲みたくない」

「あっそう？　じゃあ烏龍茶《ウーロン》でもいい？」

彼は勝手に料理を注文し始めた。本当に私と会いたいだけで、こうやって呼び出しをしているのだろうか？

「学生時代からずっと好きだったんだよね。たまに思い出しててさ……」

好きだと思ってくれていたのはありがたいけれど、今となっては迷惑なのだ。しかし素直にこれで終わりにしてと言える状況ではない。

「副社長の秘密を握っているって？」

「あぁ、とっておきの」

ニヤリと笑うけれど内容を教えてくれない。イライラするが彼の機嫌を損なわせて世の中に重大な秘密を流されてしまってはダメだ。

ここは、グッと堪えて小池君の言う通りにしなければならない。

「俺たち付き合わないか？」

「そんなの無理。それはできないの」

「どうして？」

彼はすべてを知っているかのような表情を浮かべてくる。

もしかして私が結婚しているのを知っているのだろうか。探りたいが余計なことを言ってしまいそうで、私は結局何も言えないのだ。

「まぁ、食べて」

「小池君、私はあなたとお付き合いすることはできないの」

「学生時代と同じだな。また俺はフラれちゃうのか?」

埒《らち》が明かない。早く帰宅しなければ隆生さんが心配してしまう。結構遅くなるとメッセージを入れておくべきなのか。

私は落ち着かなくなってそわそわしてしまった。

「抵抗しようと思ってる? 無駄だぞ」

先ほどまでニコニコして喋っていたのに急に声のトーンが低くなる。彼の中にある恐ろしい一面を見たみたいだ。

「全部知ってる。情報解禁日が十月あたりということも」

核心に迫ったことを言われた。

背中に汗が流れるというのはこういう感覚なのだろうか。どこから情報がバレてしまったのかわからない。

この件に関しては、お互いの家族と秘書室長、そして専属秘書の岡田さんしか知らないはず。

うちの両親が誰かに情報を流したとは考えにくい。そうすれば姉が犯人なのか。

でも姉は情報公開しちゃダメだと口酸っぱく言っていた。

そうすれば秘書室長か岡田さんということになるが、小池君にバラすメリットはある？

「難しい顔、しないでくれよ」

そっと私に画像を差し出してきた。

覗き込むと、隆生さんが他の女性と寄り添って歩いている写真だった。

「……何これ」

私のことを大切にしてくれている彼が浮気なんてするはずがない。

信じたい一方、私たちは政略結婚だったのだ。

一緒に過ごしたりキスをしたりすることは、愛情を確かめ合う行為だと思っていたけれど……。

今は心変わりをしてしまったのかもしれない。

隆生さんに捨てられてしまうと考えるとわけがわからなくなり、パニック状態になってしまった。

本人に確認するべきだろう。隆生さんの言う言葉を信じなければ。そんな気持ちで私は立ち上がった。

すると、小池君は私の手をぎゅっとつかんだのだ。

「もし副社長に話したら、情報をばらまく」

小さな声で脅してくる。卑怯だ。

「世間にばらまけば、大変なことになってしまうというのは理解できるよな？」

私は小池君を睨みつける。ささやかな抵抗だった。彼は顔を近づけてきて私の耳元で人に聞こえないように小さな声で言う。

「『大手企業の副社長隠し妻がいるのに不倫中』っていう見出しをつけることができそうだな」

「……やめて」

「そうしたら俺の言うことを聞いて定期的にデートをすること」

ニヤリと笑う。嫌でたまらないけど、隆生さんを守るためには仕方がないのだ。

苦しくて仕方がないが、同意するしかなかった。

「わかりました」

「いい子」

頭を撫でて、穏やかに笑う。

この日は自宅に帰してくれたけれど、これからどうなってしまうのかと頭を抱えていた。

小池君の行為は完璧な脅しだ。

隆生さんに相談するべきだと思ったけれど、もし言ってしまえば情報を公開すると言われてしまった。

結婚式をするまでの間、小池君の言うことを聞くしかないのだ。

隆生さんにバレないように、私は冷静な表情をできるようにと心がけて家に帰った。

すると今日は隆生さんのほうが早く自宅に戻ってきていた。私の姿を見て心配そうに駆け寄ってくる。

「帰ってくるの遅かったな。焼き鳥のような、煙の匂いがする……」

煙がもくもくの居酒屋さんにいたので、匂いがついてしまっていたのだろう。

「ごめんなさい。同級生とばったり会ってご飯を食べて帰ろうという話になって」

「そうだったのか。遅くなるなら迎えに行ったのに」

「大人だから大丈夫だよ」

嘘をつくのは心苦しいが、何事もなかったかのように話をする。

「同級生って男？」

「え？　うん。高校の時のね」

「もしかして二人きりで食事したとか」

「ま、まさか。電話して集まれる人で集まったって感じかな」

こんなにも嘘をつくのが心苦しいなんて思わなかった。愛する人に嘘をついて本当に嫌な気持ちだ。

彼は手を伸ばして片方の手のひらで私の頬を包み込んだ。眉毛を下げてこちらを見つめた。

「でも同級生の中に男がいたっていうことだよな？　まだひまりは独身だと思われているだろうし、狙われているかもしれない。少しやきもちを焼いてしまう。そういう男は重いか？」

頭を左右に振る。そんなわけない。

大切な人にやきもちを焼いてもらえるなんて、喜びが湧き上がってくるのだ。

「平気。だけど心配しないで。そんなことは断じてないから」

「あぁ……」

「煙の匂いがついてきたからシャワー浴びてくるね」

気持ちを落ち着かせるために、バスルームへと逃げたのだった。

それからというもの小池君は週に何度も私に接触してくるようになった。

そのたびに隆生さんに嘘をついて遅く帰宅することが多くなり、さすがに疑われているのではないかと心配になっている。

しかも体調が芳《かんば》しくなく、気持ちが悪い日が多い。

小池君に居酒屋やレストランに連れて行かれるけれど、とても食事どころではないのだ。

もうすぐ八月になりそうだというところ。あと二ヶ月もすればこの状況から解放されるはずだ。そんな気持ちで過ごしていた時だった。姉が突然私の目の前に現れたのだ。

仕事が終わって帰宅しようと思っていた時、スマホにメッセージが届いた。

『帰国したわ。会って話したいことがあるから時間を作ってもらえない?』

その内容を見て今まで外国にいたことを初めて知った。

海外へ逃げていたのか。それとも外国にボーイフレンドがいたとか。

突然消えたと思ったら外国に行っていたなんて、姉の行動力には頭が下がる。

私は姉と話すことなど何もなく、もう関わりたくない。

でも、無視をすると何度もしつこく連絡してくる性格なのですぐにメッセージを送る。

隆生さんは帰宅が遅くなるはずで、多少なら私の帰宅が遅れても問題ないだろう。

『これからでも会えるけど、都合はどう？』

すぐに近くの喫茶店で持っていると姉から返信があった。

勝手に消えて妹に身代わり結婚を押しつけて、そして自分のペースで現れる。

とんでもない人だ。

できれば会いたくないが、逃げてしまうわけにはいかない。

約束した喫茶店に向かうと、姉はアイスティーを飲みながらくつろいでいるところだった。

相変わらず頭のてっぺんから足の先までブランドものを身につけている。

姉の前に現れると、彼女は笑顔を向けてきた。

いつも不機嫌そうな表情をしているのに笑顔を作るということは何かお願い事を聞いてほしい時が多い。

嫌な予感がしたけれど目の前に座ってレモンスカッシュを注文する。

「隆生さんは元気？」

「うん、元気だけど……」

「あら、そう。安心したわ」

姉はドリンクを一口飲むと、私をじっと見つめた。

「あんたみたいな地味な子がイケメンと生活したなんて、いい思い出ができたんじゃないの？」

相変わらず失礼な言葉を言ってくる。

言われているだけだったら、昔の自分と変わらない。

私は隆生さんと一緒に暮らすようになり、意見をちゃんと伝えることが大切だと思えるようになったのだ。

今、隆生さんとは少しギクシャクしてしまっているけれど、これから私はどんなことがあっても意見を言える強い自分になりたいと思っている。

隆生さんが浮気をしているなんて信じられないが、話をするつもりだ。

ただ、今は小池君が絡んでいるので話し合いができないのが心苦しかった。

「相変わらず失礼なことを言うんだね。お姉ちゃん」

「誰に向かって言ってるの?」

「お姉ちゃんに向かって言ってる。こうして会って普通に話をしているけれど、私はお姉ちゃんのことを許したわけじゃない」

人の言葉に従って生きていくことが正しくないとわかるようになったから言い返したのだ。

「お姉ちゃんは自分の都合で消えたから、突然私が身代わりで結婚したの。その気持ちがわかる? 人の気持ちを想像しながら生活したほうがいい。そうじゃないと不幸になるよ」

はっきりした口調で言うと、姉は鼻でふんと笑った。

「別にあんたに許してほしいとは思ってないわ。ところで結婚生活はどうだったの?」

「まだ働いてるし、そんなに変わったことはないけど」

「安定っていいわよね」

意味ありげにつぶやいている。この前までは古き良き時代のことをダサいと言っていたのに。

隆生さんの実家のことも悪いように話していた。それなのに、一体どんな心境の変化があったのだろうか。

「付き合ってた人がいたんだけど、新進気鋭の事業家だったの」

遠くを見つめておもむろに語り出す。私は嫌な予感を覚えながら黙って話を聞いていた。

「刺激的な毎日だった。莫大《ばくだい》なお金を使ってパーティーを開いたり、カジノに行って大きな賭け事をしたり。楽しかった。好きなものもたくさん買ってくれて。こんな生活が永遠に続くと思っていたのに……」

今にも泣き出してしまいそうな切ない表情の姉に、どんな言葉をかけていいかわからない。

黙って聞いてることしかできなかった。

「事業に失敗して生活が苦しくなった。私の大切にしていた宝石も服も彼は勝手に売ってしまって。こんなんじゃ一緒にいるのは無理だと思った」

自分を正当化するように話しているけど本当に自己中心的だ。

愛してるから一緒にいるのではなく高価なものを手に入れたいからその彼とお付き合いをしていたのだろう。

「やっぱり大事なのは安定ね」

そこまで言うと彼女は真っ赤に塗った唇で弧を描いた。

先ほどまで悲しそうな顔をしていたのに、開き直ったような表情を向けてくる。

「離婚して？　私が隆生さんの妻になるわ」

「え？」

あまりにも身勝手なことを言うので頭が真っ白になった。夢でも見ているのだろうか。彼女は正気なのだろうか。

「そんなことできるわけがないでしょ」

「隆生さんは、あんたがよくて結婚したわけじゃないんだよ。元々は私と結婚するという話だったんだから」

当たり前のことを言っているというように自信満々な口調だった。ここまで私の姉は腐っているのか。同じ親から生まれて同じ血が流れているのか、信じられなくなってしまった。

「結婚式は十月よね？　まだ間に合うじゃない」

「でも私たちはもう籍を入れているの」

「そんなの誰にも公表してないからわかるわけないでしょ。離婚すればいいじゃない」

私と隆生さんの戸籍を何だと思っているのだろうか。

腹が立ちすぎて私は膝の上で握りこぶしを強く作っていた。手がプルプルと震えてくる。

血圧が上がり、頭痛がする。

こめかみの血管が切れてしまうのではないかと思った。

目の前にいる姉は、ゲームをリセットしてまたスタートすればいいみたいな簡単な言い方をしてくるのだ。そんなこと許せるはずがない。

こればかりは隆生さんに相談しようと思ったが、小池君に隆生さんが他の女性と一緒に並んでいた写真を見せられたことを思い出す。

八方塞がりになって私はさらに気持ち悪さがこみ上げてきた。

「あら、何も言い返さないのね。顔が真っ青になってるわよ」

楽しそうに笑っているのだ。なんという人間なのだろうか。

「ここだけの話だけど」

姉は顔を近づけてきて小声で言った。

「隆生さん、あなたとの生活に満足していないみたいよ。やっぱり男性を喜ばせることをしてあげないと」

勝ち誇ったような表情をして笑っている。

「な、なんでそんなこと知ってるの？」

「姉だから。いろいろ聞かされてるんだって」

思わず動揺してしまう。

姉は畳みかけるように言ってきた。

「他の女性と密会してるという噂も耳にしてるわ。でも相手は副社長。だから、そういうことも許してあげられるの。男の人はそれぐらい破天荒《はてんこう》じゃなきゃね。仕事で稼いでくれたらある程度のことは許せるわ」

気にしてるところを刺激されて怒りで膨らんでいた気持ちが一気に萎《しぼ》んでしまった。

他の人と浮気しているなんて私は許せない。

隆生さんは本当に他の人と浮気をしているのだろうか。

「遠回りしてしまったけれど、元々の形に戻るというだけ。私と隆生さんは結ばれる運命だったということよ」

勝手すぎて、呆気《あっけ》にとられた。

「運命は変えられないのよ、ひまり」

「……ふざけないで」

「冷静になって考えてみなさいよ。どっちが妻になるのがふさわしいかわかるでしょ。

きっと隆生さんは気を使うと思うから、あんたから離婚したいって言うのよ」
「え？」
腕を組んで当たり前のことを言っているように言っていた。
「期限は、三日あげるわ」
そう言って席を立ってしまった。
一人取り残された私は、ぼんやりしながらその場にしばらく座っていたのだった。
家に戻ってきてからも、次の日になって目が覚めても私は悩みに悩んでいた。
もちろんこんなこと誰にも言えない。
一人で考えて結論を出さなければならないのだ。
姉からは毎日のようにメッセージが届く。
『あんたに隆生さんの妻は無理』
『早く結論出して！』
『ひまりのバカ』
心ないこと言われてだんだんと萎縮する。小さい頃もそうだった。
両親がそばにいてもいなくても姉は私に辛い言葉をかけていたのだ。
母は悲しそうな顔をしていたけれど父は止めることがなかった。

隆生さんと結婚して忘れかけていた過去が、姉に会ったことでまたフラッシュバックする。

仕事に集中しようと思っても気分が悪くなり、悲しさで胸がいっぱいで、働いているのが辛かった。

その日、家に戻ってきて夕食の支度をしていると、隆生さんが早く帰ってきた。

「ひまり」

「おかえりなさい」

この当たり前の日々が永遠に続くと思っていたし、これからもずっとそばにいたかった。

でも隆生さんは姉が言っていた通り、私との生活に満足せずに他の女性と過ごしていたのかもしれない。小池君が見せてきた写真は、本当に浮気現場なのだろうか。

「食事、もうすぐできるから待っててね」

「あぁ、ありがとう」

返事をしたのに私のそばから離れない。

「ひまり、様子が変だ」

深刻そうな声が聞こえてきたので、あえて私が話題をそらしてしまった。

「……あ、あの、今手を離せないから……ごめんなさい」

「そうだよな、悪かった」

小さなため息をついて隆生さんは自分の部屋に入った。

食事が完成したがタイミング悪く彼の電話がなりっぱなしだった。

業務のことでやり取りしなければいけない内容が出てきたのだろう。

私は一人で食事を済ませて、彼の分はテーブルに置いておき『温めてください』とメッセージを残して自分の部屋に入った。

しばらくしてドアがノックされる。ドキッとして、寝たふりをしようと思ったが返事をした。

「はい……」

「食事美味しかった。どうもありがとう」

「私が片付けますので、そのままにしておいてください」

「また敬語に戻ってるな」

悲しそうな声が聞こえてきて、私は思わず息を呑んでしまった。

「今週の土曜日は、一緒に結婚式場に打ち合わせに行こうと思ってるんだが」

私は即答できず黙り込む。

隆生さんの相手はやっぱり私にはふさわしくない。

結婚式までの日が迫っている。

早く離婚を切り出さなければいけないのに、なかなか言えない。

「ひまり」

「……ごめんなさい。まだ一緒に行けるかどうかわかりません」

「そうか。それだったら俺が一人で行ってくるから心配ない。体調が悪いなら無理をしないでくれ」

こんな時でも優しい声をかけてくれるから、申し訳なさでいっぱいになる。そばにいたいけれど、姉には逆らうことができない。

父は間違いなく姉の味方をして、どんな方法を使ってでも隆生さんと結婚させようとするだろう。

「うっ」

吐き気がして私は慌ててドアを開けた。そしてトイレに駆け込む。

そういえば月のものが来ていないということに気がついた。

ストレスで遅れているのかもしれない。でも妊娠していないとも限らないのだ。最近はすれ違いの時間が多いけれど、頻繁に私たちは体を重ねていた。

こんな時になんで？　と不安が襲ってくる。

動揺して頭がおかしくなってしまいそうだったけれど、冷静にならなければと深呼吸を繰り返した。事実確認をすることが先決だ。

トイレから出ると隆生さんがドアの前に立っていた。

「大丈夫か？　やはり体調が悪いんだろう？　無理はしてはいけない」

離婚しようと考えているのに、もしかしたら妊娠しているかもしれないなんて口が裂けても言えない。

喜ばしいことなのになぜ、喜べない状況になってしまうのだろうか。

「心配かけてごめんね。気にしないで」

横を通り過ぎようとすると手首をギュッとつかまれる。真剣な眼差しを向けられるので、思わず言葉が出てきそうになった。

赤ちゃんができたかもしれない。

隣を一緒に歩いていた女性は誰？

隆生さんは本当に私のことを愛しているの？

姉が結婚相手に戻っても大丈夫？

いろんな感情が一気に心の中を渦巻いて、怖くて不安で涙が出そうになる。

吐き出してしまいたい気持ちはあったが、でも言えなくて、私は唇をかみしめる。

「話をしたいんだ」

「今日はちょっと体調が悪いから、また違う日にしてもらえないかな。ごめんね」

手を振りほどいて私は自分の部屋に入った。

ベッドに座って頭を抱え込む。すると姉からスマホにメッセージが届いた。

『お父さんに話をしたらなんとかしてくれるって言っていたわ。早く離婚する決断をして。あんたが隣にいるのは正しくないの。私なら大企業の社長夫人としてやっていける自信がある。どうせあんたはちゃんとできないでしょう。幼い頃からダメな子なんだから』

目尻から涙がポロリとこぼれてしまった。


次の日、体調不良を理由に会社を休ませてもらった。

不安でたまらなく婦人科クリニックを予約し通院することにしたのだ。

隆生さんが職場に行ったのを確認してから、準備をして家を出た。

誰かに見られたら困るのでなるべく深めの帽子をかぶり、マスクをして下を向きながら歩いた。

クリニックに入り問診票の記入をする。

受付を済ませてロビーで待っているとスマホにメッセージが届いた。

『体調不良で会社を休んだと聞いたが、大丈夫か？　家に戻ろうか？』

隆生さんからだった。

『心配しないで。ちょっと風邪を引いただけだから』

もし今家に帰って来られたらどんな顔をしたらいいのかわからない。平気だという返事を送った。

スマホをバッグにしまい辺りを見渡すと、妊婦が雑誌を見ながらリラックスしていた。

小さな子供と一緒に待っている人が目に留まった。

「ママぁ、抱っこ」

「もう少しで呼ばれるわよ。赤ちゃんが生まれてくるの楽しみね」

「うんっ」

母親と娘の笑顔が温かくて柔らかくて、幸せの一部分を切り取って見ているかのようだった。

私はそっと自分の腹部に手を添えた。今置かれている状況の対極にいるみたい。

「七番の方、診察室へお入りください」

プライバシー保護のために名前では呼ばず番号で呼ばれる。誰が名前を聞いているのかわからないので、とてもありがたい。

私は立ち上がって診察室に入った。

「初めまして。本日はどうされましたか?」

女性のドクターが穏やかに話を聞いてくれる。

妊娠している可能性があると伝えると、尿検査をしてくださいと言われた。

エコー検査と、念のため子宮がんの検査もする。

経験のないことが一気に襲いかかってきて怖くて仕方がなかったけれど、子供を守るために頑張らなければという気持ちが芽生えてきた。

まだ妊娠が確定していないのに、産みたいという気持ちが強かったのだ。

検査をして廊下で持ちながら考える。

隆生さんが私のことを本当に愛しているかはわからない。もし妊娠していることを伝えたら、どんな反応が返ってくるのだろうか。

私は気持ちを落ち着かせて、相手がどうだとかではなく、自分は隆生さんのことをどう思っているのだろうと考える。

やっぱり彼のことが好きだ。愛してしまっている。

彼の子供が宿っているなら産んで育てたい。

辛い気持ちに襲われていると、呼ばれて診察室に入った。

「七週目です」

頭が真っ白になってその後のことをほとんど覚えていないけれど、次回の受診予約と今後の流れを説明された。

そして出産を希望するかと質問されたのだ。答えられずに私は病院から出て自宅に戻ったのだった。

もし妊娠してることを姉に気づかれたら、何をされるかわからない。

離婚して子供を産んだら、どうなってしまうのだろう。隆生さんの血が流れていることは間違いないので、跡継ぎとして親権は彼になる可能性が高い。

そうなったら、結婚した姉が自分の血が流れていないからと、いじめ抜く可能性だってある。私が幼い頃にされていたように……。

我が子にはそんな辛い思いをさせたくない。

隆生さんと離婚して出産するなら、身を隠しどこか遠くで一人で産むしかないのかもしれない。不自由な生活になって苦労かけるだろうが、愛情たっぷりに育てていきたい。

スマホにメッセージが届く。

『ひまり、今夜、今から送るところに集合』

小池君からだった。人と会う気持ちになんてなれない。でも逆らってしまえば、情報公開されてしまう。

流れてくる涙を拭いながら返信するための文章を作っていると今度は姉からメッセージが届いた。

『答えは出したの？』

『もう少し時間がほしい』

『何を言っているの？　あんたに考える権利なんてない』

もうこれ以上はダメだ。

隆生さんに離婚してほしいと伝えるしかない。

その前に小池君から呼び出されたので、行ってこなければ……。立ち上がり家を出たのだった。

指定された居酒屋に行くと小池君が持っていた。

半個室が用意してあり、そこに通される。

私は気持ちが悪くて体がだるい。横になりたくてたまらなかった。

「今日はいい知らせがあるんだ」

返事するのも嫌なので、仕方がなく視線だけ彼に移す。

「副社長にそろそろ写真を送ろうと思っている」

「写真？」

「俺と密会しているところ。その反応と一緒に記事にしようと思っているんだ。ＫＧモーター副社長、政略結婚。しかし新妻は初恋の男と密会」

「どうしてそんなことするの？　私、小池君の言うことずっと聞いてきたじゃない」

あまりにも腹が立って大きな声を上げた。

「ひまりの怒った顔も可愛いな。そろそろ、俺のものになってくれよ。離婚してくれよ。お願いだから離婚してくれ」

卑怯なやり方に私はめまいを覚えた。今すぐに帰りたい。

そんな気持ちでいるとバックに入っているスマホが着信を知らせていた。画面を確認すると隆生さんからだった。

今日は会社を休んだということを知っているので、心配して連絡をくれているのだ。

もしかしたら早く帰宅してくれているかもしれない。

帰って隆生さんに会いたい……。

「……もう、やめて」

苦しくて辛くて思わず小池君の前で涙を流してしまった。私が泣き出したので彼がぎょっとしている。

「どうして泣いてるの？」

「本当に今日は体調が悪くて仕方がないの……。お願いだから家に帰ってもいいかな」

「……わかった。でも近いうちに離婚してくれるって約束してもらえないか？」

姉に脅されて、小池君に弱みを握られて、これ以上結婚生活を続けていると、隆生さんに本当に迷惑をかけてしまう。

そうであるなら、私は愛する人と離婚するしかないのだ。

自宅に戻ってくると隆生さんが怖い顔をして立っていた。

「どこに行ってたんだ！」

父に声を上げられていたことを思い出し、体がビクッと反応してしまう。

しかし隆生さんは私をいじめるために言ったのではないとわかった。すぐに優しい表情に戻ったからだ。

「ごめん。心配で……早く帰ってきたのにいなかったから……」

「人と会っていたの」

「誰と？」

「隆生さんには関係ない」

言わなきゃ。好きだけど、言わなきゃ……。

身代わりでも幸せだった。

身代わり結婚でも、私はたくさんのいい思い出をもらって、彼を愛することができた。

でも言わなきゃ……。

隆生さんを守るために言わなきゃ。

「……ひまり」

私は精一杯、隆生さんを睨みつけた。

「離婚してもらえませんか？」

「急にどうしたんだ？」

第五章　本当の心

『離婚してもらえませんか？』

俺は副社長室で考え込んでいた。

ひまりはなぜこのタイミングで離婚したいと言い出したんだ。

仕事が忙しく時間が取れなかったせいもあるかもしれない。そのうちに彼女は悩んで一人で決断してしまったのか。

ずっと俺たちの関係はギクシャクしていた。ちゃんと気持ちを聞かせてほしかった。

結婚式が迫っているのだ。話し合いをして、わだかまりをなくせたらと願っていた。

せっかく本物の夫婦になれたと思っていたのに、なぜこんなことになってしまうのだろう。

昨夜、ひまりが体調不良だということで早く自宅に戻った。そして彼女の部屋のドアをノックしたが返事はなかった。

体調が回復して入浴でもしているのかもしれないと家の中を探したが、どこにもいなかった。

やはり部屋の中にいるのだとドアをノックするがそれでも応答がなく、倒れているのではないかと心配になった。

ドアを開けると、そこにひまりの姿はなかった。

具合が悪くてまだ病院かとも考えたが、そうであれば俺に連絡が入るはずだ。

戸籍上では俺が夫なのだから、調べればそれくらいのことはすぐにわかるだろう。

たとえ俺に連絡が入らなくても、ひまりの実家のご両親に何らかの連絡は行くはずだ。そして俺の元にも情報が入る。

だから彼女は今病院にいるのではなく、どこかに出かけているということになると思えば、胸騒ぎが収まらなかった。

心配で仕方がなくて電話をかけてみるが、呼び出し音が鳴るだけで応答はなし。

どこかに探しに行こうとも思ったが、ひまりが行きそうな場所というのは自分にはわからなかったのだ。

夫婦なのにそんなことも知らないなんて、俺のコミュニケーション不足だと深く反省する。

もしかしたら実家にいるかもしれない。

連絡しようとも思ったが、よく考えてみればひまりは父親にひどいことをされ続けていたのだ。自ら戻るというのは考えにくい。

そうだとすると一体どこに……。

頭を抱えながら考えていると玄関のドアが開く音がした。

俺は立ち上がり大股で歩き玄関に迎えに行くと、そこには顔色が悪いひまりが立っていた。

『どこに行ってたんだ！』

思わず声を上げてしまうと彼女はビクッと肩を震わせた。

『ごめん。心配で……早く帰ってきたのにいなかったから……』

『人と会っていたの』

目を合わせないでうつむきながら話をしている彼女を俺は見下ろす。

『誰と？』

『隆生さんには関係ない』

『……ひまり』

今までに見たことのないような怖い瞳をして俺のことをずっと見つめてきた。体の小さい彼女が精一杯頑張っているようにも感じる。

『離婚してもらえませんか？』

『急にどうしたんだ？』

『もうこの生活に耐えられなくなってしまったの』

俺の横を通ろうとしたので手を捕まえた。

『離婚なんかしたくない。話し合おう』

『離して！』

『一方的すぎる。冷静になって話し合いをしなければわからないと思うんだ。ひまりの胸に秘めている気持ちを聞かせてくれないか？』

『話なんかしたくない！　もう決めたことだから』

そう言ってひまりは、部屋の中に入ってしまった。


朝は顔を合わせることなく出勤した。ひまりも会社には来ているようだ。

こちらに落ち度があるのであれば直したいし、これからも一生守っていきたい。

それなのになぜだ。

頭を抱えているとドアがノックされ岡田が入ってきた。

「副社長、こんな手紙が届いたのですが」

手渡されて中身を確認すると、ひまりが男と一緒に歩いている写真だった。同封されていた便箋《びんせん》にはこんなことが書かれていた。

『緑進社の秦野季里子《はたのきりこ》と申します。奥様の件について詳しくお話を聞かせていただきたいので、お時間をいただけないでしょうか？』

「何だこれ」

「どこかから漏れてしまったのでしょう。しかし大体のところは挨拶も終わっていますし問題ないかと思います。少し早めて結婚したという情報を公開するのはいかがでしょうか？」

「そうなんだが……ひまりが離婚したいと言うんだ」

「り、離婚ですか？」

突然のことすぎて岡田は驚いているようだった。そんな気持ちもわかる。俺もかなり動揺しているから。

「緑進社の秦野季里子を調べてみる。探偵を使う。この件は内密に」

「私がやります」

「いや、プライベートのことも含んでいるから。岡田は仕事に集中してくれ」

「はい」

岡田が部屋から出た。

最近、俺とひまりはギクシャクしていたが、離婚というキーワードを口にするとはあまりにも衝撃的だった。結婚式が控えているのだ。

何かあるのではないか。

ひまりの家族の話を聞かせてもらったことがあったが、家族が関係しているというのか？

今野製鉄の社長は、妹のひまりでもいいと承諾したのになぜこんなにも話が二転三転するのだろう。

知り合い経由で探偵を探し緑進社の秦野という人物を調べてもらうことになった。

ひまりのことが心配で何気なく秘書室に行くと、彼女は黙々と仕事をしているようだった。

本物の夫婦になれたと思っていたのに、離婚したいと言われたのを思い出すだけでも胸が痛くなって泣きたい気持ちだ。

その足で社長のところに報告に行くと、俺が話し出す前に妙なことを言い出したのだ。

「結婚式が迫っているが……相手がお姉さんになったら問題はあるか？」

「いきなり何をおっしゃっているんですか。お二人ともひまりのことを気に入っていたじゃないですか」

「そうなんだが……」

困惑した表情を浮かべている。そして俺に同じ写真を見せてきた。

「可愛い顔をして不倫をしているかもしれない」

父は残念そうな声だった。

「今野製鉄の社長から電話があって、姉の加奈子さんは海外でやり残してきたことがあったらしく最近帰国したという話で、逃げたつもりはなかったというんだ。隆生にもそれをちゃんと伝えていったと加奈子さんは言っているらしいが……」

「そんなの聞いていない」

「話の食い違いだったのかもしれないが……。それにしてもこんなに可愛い子が不倫とは……」

作り話だと俺は信じたいが、父は写真を見てひまりを疑ってしまっているようだ。

「あんなにいい子なんて普通いないだろう。だから人には言えない秘密があるのかもしれないと思ってな」

「ひまりはそんなことをするような人じゃない。俺はひまり以外と結婚しない！」

父親のレールの上を歩いてきた俺が反抗するような言葉を言って驚かせてしまっただろう。

「隆生……」

「声を上げてしまって申し訳ないです。これは何かの罠《わな》だと」

「信じたい気持ちもわかるが、ここは慎重にしなければいけないだろう」

「ええ。なので探偵を紹介してもらって調べるつもりです」

「もう期限が迫っている。どちらにしても結婚式を延期しなければいけないのではないか？」

「わかっています。もう少し時間をください」

俺は父に頭を下げて社長室を退室したのだった。

その日の夕方。

友人に紹介してもらった探偵の井田《いだ》という男が、秦野季里子の情報を調べて報告しに副社長室までやってきた。

ポロシャツとジーンズ、ノートパソコンが入りそうな斜めがけのバッグというスタイルだった。

「まず、秦野季里子は本当に週刊誌の記者のようです」

「なるほど。ゴシップとして掲載したいということなのだろうか？」

「……そうですね。目的がそれだけなのかわかりませんが。ちなみに彼女の周りを調べましたら、奥様と一緒に映っていた男性は小池という人物だそうです」

小池。聞いたことのない名前だった。

「そして小池は、高校時代の同級生で、ひまりさんに好意があったようです」

それを知ってて二人は、密会を続けていたということだろうか。ひまりも小池に心変わりをしてしまったのか。衝撃的な内容に頭痛を覚えた。

「この小池という男は秦野と同じ緑進社の記者でした。秦野季里子の同期らしいですね」

「なるほど」

何か罠にはめられているのかもしれない。しかし誰が何の理由で？

「誰かに指示をされて、小池とひまりさんが密会をしている風の写真を秦野が撮ったのではないでしょうか？」

「指示？」

「副社長は様々な企業に挨拶回りもされていますし、結婚なさるということは取引先の一部の方は耳にしている情報です。雑誌社としてはその後のスクープを掲載したいというのが理由でしょう。ただ雑誌社も裏のないことを載せることができないので、ひまりさんにも口裏合わせをさせているという可能性はあると思います」

ひまりは脅されているのかもしれない。そう思うと胸が締めつけられるほど苦しくなった。

一人で何かを抱えている可能性がある。

そういえばある時から外出が多くなった。小池と会っていたのだろう。

「あとですね。今野製鉄の長女は異母姉妹でした」

「……そうだったのか」

「ええ。今野製鉄の社長の隠し子だったそうです。結婚直前にそのことが発覚して、長女として引き取ることになったようですね。ただ、先代の社長がいい顔をしなかったみたいですね」

だから今野製鉄の社長は、長女を贔屓《ひいき》していたのかと納得できた。不憫《ふびん》な子供に愛があって守るために働いた作用なのかもしれない。

「ひまりはこのことを知っているのだろうか？」

「おそらく、知らないと思います」

「そうか……」

秦野季里子が直接会って話したい理由はわからないが、彼女も誰かに協力している可能性があるのだ。

まずは会って正々堂々と話をしたほうが解決の道が早まるのではないか。

「岡田、秦野季里子に直接会おうと思う」

落とし穴を作ろうとした人物を特定し、ひまりを悲しませるやつを懲らしめる。俺はそんな気持ちで燃えていたのだった。

「段取りを組みます」

「プライベートのことであるから俺がやる」

「いえ、会社にも関わることです」

ありがたい男だ。

秦野に岡田からアポを取ってくれ、ホテルのレストランの個室を用意した。

夜になり、ひまりを守りたい。その一心で車に揺られていた。

ホテルに到着し案内された部屋に入室する。

俺の姿を見た彼女はスッと立ち上がった。

まだ大学を卒業したてくらいの若い女性がこちらを見ている。

「お待たせして申し訳ありません。ＫＧモーターの黒柳と申します」

どんな人にでも、丁寧に挨拶することを心がけていた。

ライバルであったとしても、いつうちのお客様になるかわからないからだ。

「まさかこんなすぐにお会いしていただけると思いませんでした」

まだ取材に慣れてないのか、緊張しているような面持ちである。

相手が話しやすいように、俺は飲み物を注文して他愛のない話をした。

「緑進社さんはいろいろな話題を掲載されていて、興味深いです」

「ありがとうございます……」

「主に秦野さんは、どんな記事を担当されていたんですか？」

「まだアシスタントなんで……」

アシスタントが大企業の副社長にこうして接触してこないだろう。本当に大きなスクープがあるとしたら、先輩社員も連れてくるはずである。

俺は笑顔を作りつつ、核心に迫っていく。

「あの写真は、フェイクですよね」

「え、いえ……」

「小池さんのことも調べさせてもらいました」

俺の発言を聞いて秦野は顔色を青くした。

「誰かにお願いをされて加担したのではないですか？　緑進社としてやっていることではないですよね。準備はできています。会社としても裏を取ることができなければ、こちらも出るところに出ます。よく、考えてみてください」

秦野は指を小刻みに震わせていた。そして俺の目を見る。

「申し訳ありません……。頼まれたんです」

「誰に？」

「小池……です。理由はわかりません」

やはりフェイクだった。

小池は何の目的でひまりと密会風の写真を撮らせたのだろう。

ひまりが俺の妻だとわかっているはずなのに。

口説きたかっただけなのか？　脅して離婚を迫った？

「申し訳ありませんでした……。小池は私の恋人なんです。だからどうしても断ることができなくて」

恋人。そうであれば、ひまりを口説きたかったわけじゃない。やはり直接小池に話を聞くべきだろう。

「もしよければ今ここに、彼を呼んでいただくことは可能ですか？」

「聞いてみます」

その場で小池に連絡をしてもらった。

すぐそばにいた小池はレストランにやってきた。襟足の長めの髪の毛と細くて鋭い目をした男だった。

秦野と同じように丁寧に挨拶をする。

憔悴《しょうすい》しきった秦野を横目に小池は笑みを浮かべていた。まだ余裕があるという素振りを見せているようだ。

俺は手短に終わらせるために、写真を見せた。

「時間がないので単刀直入に質問させていただきますね。この写真はフェイクだということはわかっています。目的は何ですか？」

「ひまりさんと離婚をしてほしいのです。俺はひまりさんを愛しています」

その言葉に秦野は驚いている。

「それはできません。どんなことがあっても彼女を守ると決めているので。そして心から愛していますから」

笑みを浮かべているが、俺の視線はかなり強いに違いない。

「というか、あなたは秦野さんとお付き合いされているんですよね。隠してもごまかしても無駄ですよ」

小池はそれでも何も言わないと決意したように黙り込んでいる。よほど強い圧力をかけられているのだろう。

「大事な妻にプレッシャーをかけた理由は？」

彼は頑なだった。

「……理由は愛し合っているから。プレッシャーではありません」

少々強引だが仕事の話を持ち出すしかないと思った。

「緑進社さんの広告にもかなりお世話になっています。あなたの個人的な感情で大事な取引を台無しにしてしまう可能性がある。冷静になって考えてみてください」

俺の言葉で小池は顔色が少し変わった。

そこで岡田がパソコンで何かを作った。

「今までの取引内容をまとめてみました。これが今後なくなるとすると損害はこれくらいになると思います」

その数字を見て小池は悔しそうな表情を浮かべた。

「……もうお手上げです。すべて話しますからどうか助けてください」

やっと口を割る気になったか。俺は小池を直視する。まるで射貫くように。

「ひまりのお姉さんに……お願いされたんです」

ある程度予想はついていたが、どのように接触してきて行動に移したのか。

リスクを背負いながらなぜこのようなことをしてきたのか、俺は問い詰める必要があった。

「ひまりのお姉さんは、何とかひまりさんを離婚させて自分があなたの結婚相手になろうと目論《もくろ》んでいるようでした。そのために外部から二人の結婚を破綻《はたん》させる必要があると言っていました」

「なるほど、それで俺に妻の写真を送りつけてきたんですね」

「はい。ひまりが浮気をしていると思わせなさいと指示がありました」

人間として腐っている。卑怯すぎると怒りが爆発しそうになった。

「どうやってひまりに接触したんですか？」

「お姉さんからひまりの職場を聞いて、後をつけて偶然再会したように装ったんです」

ひまりの密会写真を見た時は少し動揺したが、あれだけでひまりを疑うというようなことはしない。

彼女の口から出る言葉を信じようと思っているからだ。それほどひまりは繊細な人だから。

「そして、二人が結婚しているということを知っている素振りを見せて、さらにはKGモーターの副社長の秘密を握っていると言って脅していました。会っていることを話せば世間にバラすと。ありもしないのに、KGモーターの秘密を握っているから、誰にも言わないでほしいと口止めをしていたのです」

「卑怯ですね」

岡田も我慢できなかったようで、思わず小さな声で呟いていた。

「副社長のこともずっと追いかけていました。女性とお会いされていたこの写真」

目の前に出された写真はたしかに女性と二人で歩いているところだった。

「この写真をひまりさんに見せています。なのでおそらく副社長は他の女性と何かあると思っているはずです」

だからひまりはずっと俺を避けるような行動をしていたのか。思っていたことがあるなら素直に言ってくれたらいいのに。

でも言えないような環境にしてしまっていたのかもしれない。

俺も仕事が大変でゆっくり時間を取ってあげられなかった。申し訳なさが胸の中に広がっていく。

「本当に申し訳ないことをしました」

「雑誌の記者さんは時には本当に悪を暴いてくださることもある。噂話を適当に書いているばかりではないということを理解しています。しかし、その仕事を利用して人を脅すというのはあまりにもひどくはないですか？」

静かな声で言うと小池は肩を落とした。

「おっしゃる通りです。KGモーターはこれだけの大手企業なのに環境問題に真摯に取り組み、そして社員が充実した毎日を送れるようにと考えられている素晴らしい会社でした」

「よくご理解いただいているようで」

「たしかに過去にひまりさんのことが好きでしたが、あれは過去のことです。そこはご安心ください」

小池は、よほどの理由があって悪事に加担したのだろう。

「何を言っても言い訳にしか聞こえないと思うのですが、実は母が難病にかかってしまい借金がありまして。その上、秦野と交際しているのですが、子供ができたんです……。そんな時にひまりのお姉さんが俺に接触してきました。そしてお金で釣られてしまったんです」

同情したい部分もあったが、しかし人の不幸の上に幸福は作ってはならない。

ひまりも嫌な思いをして傷ついただろうし簡単に許せることではないだろう。

「そういうことでしたか。よくわかりました。ただ簡単には許せない。ひまりがどんな気持ちで過ごしていたか。考えるとかわいそうでならないです」

「……申し訳ありません」

小池と秦野は頭を下げる。

「自分が進もうとしている道が正しいことなのか、判断してから行動されたほうがよろしいかと」

今すぐひまりを迎えに行かなければならない。

そう思った俺は立ち上がった。

「今後一切うちの妻に接触しないでいただきたい」

「わかりました」

俺はホテルのレストランを後にしたのだった。

『離婚してほしいと伝えたけど、隆生さんは了承してくれなかった。もう少し時間をかけなければいけないかもしれない』

姉に突きつけられた期限が来たが、隆生さんと離婚するとまでは話を進められなかった。なので仕事終わり姉にメッセージを送ったのだ。

『いい加減にしなさい。今すぐ住所を送るから来なさい！　離婚届はこちらで用意しているから今すぐ来て書きなさい！』

すぐに返信がある。

焦っていて激怒しているのが文字から伝わってきた。あまりにも理不尽すぎるが、言うことを聞かなければ何をされるかわからない。

＊　＊　＊

体調が芳しくないが仕方がなく私は指定されたホテルに向かった。

レストランに到着して名前を言うと個室に連れて行かれる。そこにいたのは、姉ではなく知らない男性だった。

私は警戒しながら入室した。

男は立ち上がって丁寧に挨拶をしてくれる。

「加奈子さんの使いの者です」

「……なぜ姉はいないのですか？」

「詳しいことはわからないのですが、こちらにサインしてもらうようにとのことで来ました」

彼は離婚届けを目の前に置いてボールペンを私に差し出す。あまりにも怪しいので私は立ったまま彼のことを睨みつけた。

「ひまりさんがお姉さんのことを大事に思うなら、早く終わらせてほしいとお父様からもご伝言がありました。ひまりさんが離婚しないと次のステップに話を進めることができないと」

おそらく彼は本当に姉の使いの者なのだろう。

父は、姉に逃げられたから、私を身代わりとして結婚させたのだ。相手方と話をまとめるのも大変な苦労があったに違いない。それなのに父は正気なのか。

姉が可愛いと言うだけで、世間の常識を逸脱した行為をするなんて信じられない。

父は立場的に信用を失いかねないのだ。

信じられないことをやってしまうなんて……。

でも幼い頃からの行動を見てきたら、このような動きはありえることだ。

血のつながっている家族なのに、なぜそんなにひどいことができるのかわからない。

「さぁ、サインをしてください」

私は自分のお腹を意識した。ここには間違いなく命が宿っているのだ。

何があっても全力で守り抜かなければならない。もっとお腹が大きくなってきたら姉に恐ろしいことをされる可能性がある。

お腹の中にいる子供を守るためには、離婚してどこか遠くに逃げる方法が最善な気がし、私はボールペンを手に持った。

震える手で名前を書こうとすると、そのタイミングでレストランのスタッフが中に入ってきた。

「黒柳様がお見えになりました」

隆生さん？　え？　何でここに来たの？

もしかして、離婚届にサインをしに来たのだろうか。

私は絶望の淵《ふち》に立たされた。

ところが、姉の使いも驚いている。

「ご案内してもよろしいでしょうか？」

「は、はい。どうぞお入りいただいてください」

男は断る理由が見つからず、入室を許可したのだろう。

黒柳様と言っても隆生さんじゃないかもしれないと思っていたが、そこに入ってきたのは間違いなく隆生さんだった。後ろから岡田さんもついてきている。

そして私の隣に立ち、男を睨みつける。レストランのスタッフはサッとその場から去った。

「雇われた者だな？　今すぐ帰ってくれ」

「そ、それはできかねます！」

「これは脅迫と一緒だ」

隆生さんがそう言うと男は一歩下がった。

私の目の前にある離婚届に隆生さんの視線が動く。

「何だこれは」

手に持つとビリビリに破いた。その気迫に男は息を呑む。

「離婚届にサインをしろと指示をしたのは誰だ」

「こ、今野加奈子さんです……。私は本当に……ＳＮＳでアルバイト募集ということで依頼されただけです」

「岡田、彼の対応を頼む」

「かしこまりました」

隆生さんは私の手をつかんだ。

「とりあえず、ひまりを連れて帰る」

そう言って私の手を引いてレストランの部屋から出た。エレベーターに入り二人きりになる。

私は一体何が起こっているのか、状況を整理することができず、頭の中が真っ白だった。

「遅くなって悪かった」

「どうしてここがわかったの……？」

「最近の行動が心配だったから、ちょっと人に頼んで様子を見ていてもらうようにお願いしたんだ。ボディガードみたいなものだ。無許可で申し訳なかった」

まさかボディガードをつけてくれていたなんて、考えもしなかった。

「本当は俺が四六時中守ってやることができればいいんだが。本当に申し訳ない」

私のことを真剣に思ってくれているのが伝わる。

エレベーターが開き、玄関に向かって歩いていく。

玄関には迎えの車が到着しており、私を後部座席に乗せて隆生さんも隣に座った。

車が走り出すと彼はそっと私の手を握る。

「小池に会って、すべて聞いた。まずは家に戻ってゆっくり話そう」

「うん……」

まさか小池君に会っていたなんて知らなかった。すべて聞いたとは何があったのだろうか。


家に戻り、私たちはソファに腰を下ろした。

部屋の中には重苦しい空気が流れていて、私は逃げ出したくなった。でもここでしっかりと話し合いをしなければいけない。

離婚をして隆生さんは姉と結婚するべきなのだ。

「俺たちは初めは擬似結婚だったかもしれない。けれど本物の夫婦になったと思えていたんだ。一緒に過ごして出かけてこれからもずっとそばにいる未来が想像できた。そしてそうしていきたいと俺は思った」

真剣な眼差しを向けながら熱く語ってくる。

嬉しい言葉に緊張していた体の筋肉がほぐれていくような感覚になった。

「しかし、ある日を境にひまりの様子が変わってしまった」

隆生さんは表情を曇らせる。いい話ではないのかもしれないと私はふたたび体が硬くなった。

「ひまりが小池に会うようになった頃からだ」

私と小池君が不倫しているとでも思っているのだろうか。これは弁解しなければいけないと私は口を開く。

「小池君にばったり会社帰りに会ったの……それで暑い日だったからお茶を飲んで帰ろうということになって。二人きりだというのは気になったんだけど同級生だから、隆生さんも許してくれるだろうと思って」

「後をつけられてたらしい」

「そうだったの……？」

まさかと驚いてしまう。

「たまたま偶然だと思ってた。じゃあ、見せられた写真は？」

「俺と女性が密会している風の写真か？」

隆生さんはすべてを知っているようで私は頷いた。

「それも小池がやったことだ」

「何を目的に。ＫＧモーターの大事な秘密があるから人に言うなと言われていたんだけど、もしかしてそれも嘘だったの？」

隆生さんは首を縦に振る。

信じられなくて言葉が出てこない。ずっと騙されていたということになる。なぜそんな行動を起こそうとしたのか理解できなかった。仕事の上でやっていたことなのだろうか。

「小池はひまりに対してはもう恋愛感情はないそうで、今お付き合いしている人もいるようだ。すべて俺とひまりを離婚させたい人物がやらせたことだった」

そこまで言われて私は姉がしたことなんだとピンと気がついた。

「姉、なんだね」

隆生さんは頷いた。

姉は自分が自由にお金を使いたくて、付き合っていた人を捨てて、一度逃げた相手のところに戻ってきた。

「姉が勝手なことをして……本当にごめんなさい」

「ひまりは何も悪くない。ただ」

私の手をそっと握ってくる。そして熱い視線を向けてきた。

「俺たちは夫婦になったんだ。遠慮しないで、お互いに言いたいことを言うべきだと反省している」

「そうだね」

「今回のことは口止めをされていたから仕方がない。今後はお互いに隠し事はしないようにしないか？」

「うん、ごめんなさい……」

気持ちや疑念を伝え合うことは、夫婦として大切なことなのだと学んだ。

では、あの密会風写真に写っていた女性は誰なのか。気になって仕方がない。気になっていることは素直に口にするべきなのだろうけど、本当のことを聞くのは怖くもあった。

黙っている私の顔を隆生さんが覗き込んでくる。

「気になることがあるのか？」

心に思っていることを質問して、相手を傷つけてしまわないか。

自分の中で消化するよりも、しっかりと口にするべきだ。私は勇気を出して彼の目を見つめた。

「……一緒に映っていた女性は、浮気相手ではない？」

緊張しながら質問すると、隆生さんはケラケラ笑い出す。

「まさか、そんなはずはない。俺は浮気なんて絶対しないから信じてくれ」

「じゃあ、誰？」

「秘密にしておきたかったんだが……ひまりにプレゼントがあったんだ」

「プレゼント？」

「サプライズにしておきたかったんだが」

困ったような表情をしながらも彼は口を開く。

「一緒に写っていた女性はフラワーアレンジメントをしてくれる人で、結婚式の当日にとびきりのブーケを作ってもらうためにお願いをしていたんだ。そこをたまたま撮られてしまったんだな。驚いて喜ぶひまりの顔を楽しみにしていたのに」

そうだったとは知らずに……。感動して涙があふれそうになり、両手で自分の顔を覆った。想像するよりもはるかに私のことを大切に思ってくれていたのだ。

サプライズがバレてしまった彼はどこか恥ずかしそうにしている。

「隆生さんのこと、信じなくてごめんなさい」

「許さない」

「えっ」

「俺のそばにずっといるって約束してくれたら、許してもいい」

「いるよ。いるに決まってる」

彼は優しい表情になった。

私の心もだんだんと穏やかになっていく。

「ちなみに小池に口説かれたと思うけど、ひまりは本気になってないか？」

「絶対にありえない。私は隆生さん以外に人のことを好きになったことはないんだよ？」

思わず大きな声で言ってしまったが、恥ずかしくなって顔が熱くなる。

「その言葉を聞いて安心した」

私たちは自分たちの気持ちを確かめ合うことができてほっと一息をつく。

「取引先の人には結婚すると挨拶をしてきて、もう公表してもいい頃かなと思っているんだ。変なことに巻き込まれたらたまらないから、早めに発表しようかなと思う」

「わかった」

「突然のことだから大変になるかもしれないが、明日にも朝礼とメディアで発表するのはどうだろうか？」

「明日か。突然すぎて少し緊張する」

いつかは発表する日が来ると思っていたけれど、予想よりも早かったので心構えをして今日は寝なければいけない。

「いずれは知られることになる。外部から漏れるよりも内部でしっかりと伝えるべきだと思ったんだ」

「私もそう思う」

私は彼の妻として生きていくことを決めたのだ。だから勇気を出して伝えなければならない。

「いろんなことがあるけど二人で乗り越えて行こうな」

「うん」

穏やかな空気だったのに隆生さんは眉間に深くしわを寄せた。そして腕を組んでいる。

「しかし、あんなにもひどい父親と姉だったとはな。ひまりから家庭環境を聞いていたから何か関係しているのかもしれないと思ったが、案の定そうだった」

「母は今もあの家で耐えていると思う。できることなら離婚したいと思っているはずなの……」

母のことを考えると胸が締めつけられる。

なんとか助け出す方法はないのだろうか。

「もしよかったらここで一緒に住んでもらったらどうだ?」

「でも……」

「辛い思いをしているなら助けてあげたい。ひまりを産んでくれた人なんだ」

隆生さんの温かさに私は涙を流してしまう。親指で拭ってくれる。

「あのな……」

彼は言うか言わないか迷っているようだったけれど、覚悟を決めた様子で私の目をじっと見つめる。

「ひまりは……お姉さんの秘密を知っているか?」

私は見当がつかなくて頭を左右に振った。

「こんなこと俺から言うことじゃないかもしれない。もしかしたらご両親はずっと秘密にしようと覚悟していた可能性もある。しかし今回のことでひまりを守るためには伝えなければいけないと思ったんだ」

心臓の鼓動がドキドキして緊張する。どんなことを言われるのだろうか。

でも私はすべてを受け止めようと思った。母親になるのだから強くならなければならない。

「お姉さんはひまりと母親が違うんだ。異母姉妹だった」

「……そうだったんだ…………」

知らなかった事実を聞かされて言葉を失う。

「ひまりのお母さんは、そのことを知った上で育てていたんだと思う。そして自分の娘として一緒に生きていくことを覚悟していたからこそ、ひまりには言わなかったんだろう」

「姉は誰の子供なの？」

「ひまりの父が結婚する直前にお付き合いしていた人がいたらしい。子供を産んでも育てられないと言って彼の元に赤ん坊を置いて消えたそうだ。だから自分と妻の子供として育てていくことにしたらしい。ただ、先代の社長は大激怒したらしい」

私の母と婚約していたのに、別の女性と二股をかけていたということになる。だから余計に祖父は父に対して厳しく当たっていたのかもしれない。

今までの事柄が線でつながったような気がした。でもあまりに衝撃的で私は何も喋れなくなってしまう。

妊娠したことを伝えようと思っていたけれど、今は心の余裕がなかった。

今自分のお腹に子供がいる状態で母親の気持ちが少しわかるのだ。私の母はどんな思いで姉を育て私を産んでいたのか。

そして祖父が死んでから父が私に辛く当たる姿を見て苦しかったに違いない。

若干過呼吸気味になり涙がポロポロとあふれてきた。

「お母さんのこと、何とか助けて。力を貸してほしい」

「わかった。今野社長とお姉さんはどうしようか」

もう関わりたくないとの思いを込めて私は頭を左右に振った。

それで隆生さんは気持ちを理解してくれただろう。

「……これからも父と姉と関わっていると、黒柳家に迷惑をかけてしまうかもしれない。それだけは絶対に避けたい。幼い頃から父と姉の顔が見えないところで暮らすことばかり考えていた。だから私は結婚して新しいスタートを切るから……これで終わりにしたい」

「わかった。俺に任せてもらってもいいか？」

私は深く頷いた。

「お姉さんに関しては、脅迫してきたと警察に突き出すことも可能だと思うが」

本当はそれくらいの嫌なことをされた。精神的苦痛で訴えたいと思ったし、警察に突き出したい気持ちも強かったけれど、一緒に暮らしてきた姉である。

「傷つけられた相手だけど、それでも血のつながった姉だから……。罪を背負わせたくない。これからもう一生会わないと約束してくれるならそれでいい。これが私のできる精一杯の姉への気持ち」

隆生さんは私のことを抱きしめてくれる。

「わかった。急にこんな話をして申し訳なかった」

「大事なことだから、話をしてくれて逆にありがとう」

「後は俺に任せてくれ。今日は無理をしないで休んだほうがいい」

「うん」

隆生さんは私を寝室に運んでくれたが、なかなか眠れなかった。

何とか母を救いたいという気持ちが強くなった。

力を貸してほしいと伝えられたことが、自分の中では大きな一歩だった。

次の日、目を覚ますと、隆生さんが横で私の顔を見つめていた。

「おはよう」

「起きてたの？」

「気持ちよさそうに眠っているなと思って安心したんだ」

体を起こすと彼はずっと私を見つめている。

「今日は社内の人にも伝えるが、大丈夫か？」

「大丈夫」

「今日付けで退職するのも一つの手だが」

「急にいなくなったら迷惑かけることもあると思うし、私は大丈夫。覚悟してるから」

「ありがとう。では八月いっぱいで退職にしよう。仕事は今いるメンバーに引き継ぎつつ、早急に後任を採用してもらうことにする」

「わかった」という私の頭を優しく撫でて、朝から甘いキスをした。

ベッドから抜け出して朝食を準備する。

「こうして朝食を一緒に摂るのは久しぶりだな」

「うん。二人で食べると美味しいね」

笑顔を作るが、どのタイミングで妊娠してることを伝えればいいのか悩んでいた。

眠る前にインターネットでいろいろ見過ぎたせいかもしれない。

新婚で妊娠したことを伝えると『もっと二人の時間を楽しみたかった』と言われた

とブログで書いている人がいた。

もしかしたら隆生さんも同じことを思うかもしれない。

せっかく仲直りできたのだから、これからはゆっくりと二人で過ごしていきたいと思っているかもしれないし。

でもいつまでも黙っているわけにはいかないので、タイミングを見て話そう。

今日は結婚発表をする。世間の人に知られて問題ないなんて不思議な気持ちだった。

最近、私の体調が悪いということを心配していた隆生さんは、一緒に車で通勤してくることを勧めてきた。

「じゃあ、お願いしようかな」

「もちろんだ」

迎えに来てくれた車に同乗させてもらう。

会社に行って朝礼で発表するが皆さんはどんな反応をするのだろうか。不安で胸がいっぱいになっていた。

「まず秘書室長に、急遽、結婚発表させてもらうと報告する」

「わかった。予定が変わってしまって申し訳ないね」

「そうだな。しかし会社を守るためにも必要なことだと思うんだ」

「ひまりの退職の時期も早めて、八月いっぱいということでそれも含めて報告する」

「いきなり日程が変更になって残念。皆さん本当にいい人だったし楽しく働けていたので寂しい」

「ごめんな」

「ううん。隆生さんたちが作り上げてきた会社の雰囲気が素晴らしいから、そう思えたんだと思うの」

「そう言ってくれてありがとうな」

車はあっという間に本社に到着し地下駐車場に入っていく。

地下駐車場に入ったことは何度かあったが高級車が何台も並んでいて、さすが車メーカーの駐車場だと感心してしまう。

発表する前なので、念のため、私だけ先に降りて部署に行くことにした。

部署に到着すると秘書室長はいつものようにパソコンに向かって仕事をしている。

挨拶をしてから、給湯室へお茶の準備をしに行った。

おそらくその間に隆生さんは報告をするに違いない。

準備を終えて社長室のドアをノックする。

入室許可を得てから入ると、社長は立ち上がってこちらに近づいてきた。この様子からして今回の事情をすべて聞いていたようだった。

「ひまりさん、辛い思いをさせて申し訳なかった」

「こちらこそ、姉がまたご迷惑をおかけしてしまって本当に申し訳ありませんでした」

「謝ることは何もないんだよ。もっと早く結婚を公表するべきだった。そうすれば劣悪な記者らに弱みを握られて脅されることもなかったんだ。怖い思いをしただろう？本当に申し訳なかった」

そうかもしれないけれど、もう過去には戻れないのだ。

「気になさらないでください」

「今後とも隆生のことをよろしくお願いします」

「こちらこそよろしくお願いします」

笑顔を作って私は自分の部署に戻った。

部署に戻ってくると次々に社員たちが出勤し始めた。

朝礼が始まり、私が挨拶するタイミングで隆生さんが入ってきた。突然、副社長が現れたので何事かと空気が張り詰める。

「おはようございます。皆さんにお知らせがあって朝礼に参加させてもらう」

「副社長と今野さんはこの度結婚されました。今野さんは今月いっぱいで退職することになります」

部署内に動揺が走った。

「おめでとうございます」

秘書室長が空気を変えるように祝福の言葉を述べて、拍手をしてくれると、他の職員もつられるように手を叩《たた》き出《だ》し、大きな拍手に包まれる。

「実はもう一緒に暮らしていて入籍を済ませている。然《しか》るべき準備が済んでから発表しようと思っていたので遅くなって申し訳ない。今まで妻のことを支えてくれた皆さんに心から感謝する」

隆生さんが深く頭を下げた。

優秀な秘書たちが、驚きの眼差しを向けている。

続いて私が話す番になった。

「今まで皆さんにお伝えできず申し訳ありませんでした。そしていろいろと仕事を教えていただいたこと、本当に感謝しています」

皆さん、祝福の目を向けてくれた。

朝礼が終わると日常に戻っていく。春子先輩が近づいてきて笑顔で話しかけてきた。

「まさか副社長と結婚していたなんて」

「今まで言えなくてごめんなさい」

「いいのよ。これだけの大手企業の副社長の結婚ですもの、トップシークレットっていうことはわかってるから」

私は頭を下げる。

「でもいなくなってしまうのは寂しいわ。今度お祝いしましょうね」

「はい！　先輩はずっと私に優しくしてくれました。会社を辞めてもたまに会ってもらえますか？」

「もちろん」

温かい気持ちに包まれたのも束《つか》の間《ま》。

メディアに公表し、朝礼でも結婚したことを話すと一気に社内に噂が広まった。

「結婚の公式発表の件、あちこちでニュースになっていますね」

秘書室長が言う。

隆生さんと結婚するということは、それほど影響力があるということなのだ。

覚悟していたけれど、これからさらに注目度が高まると思うと緊張で胸がいっぱいになる。

隆生さんからメッセージが届いた。

『マスコミも会社まで押しかけているようだから、今日は安全のために一緒に帰ろう。仕事が終わったら連絡してほしい。地下駐車場で待っている』

大手企業で容姿がいい、そしてコメンテーターもしている隆生さんが結婚となったら世間の人が騒ぐのは当たり前だ。

なるべく普通に過ごそうと心がけていたが、会社内は副社長の結婚の話題でいっぱいになっていた。

全員が祝福の目を向けてくれるわけではない。

私の姿を見た女子社員が「どうせ政略結婚でしょ？　子会社になったたって言ってたよ」とあからさまに聞こえるような声で言ってきた。

でも、もう気にしない。私はそれを覚悟で結婚したのだ。

隆生さんは間違いなく私のことを愛してくれているとわかるし、他の人がどんなことを言ってきても関係ないのだ。

それに今までは秘密にしておかなければならなかったけど、これからは堂々とすることができる。私たち夫婦は私たちらしく前進していけばいい。

隆生さんと一緒に過ごすようになって私の心はものすごく明るく変わっていけた。

ランチタイムを終えて歩いていると木下さんが近づいてきた。久しぶりだったので私は少し警戒したが、彼は申し訳なさそうな顔で近づいてくる。

「まさか副社長と結婚されていたとは。だからあんなにしつこく声をかけても振り向いてくれなかったんだね」

「ええ。すみません」

「こちらこそ失礼なことをして申し訳なかった」

素直に謝ってくれたので私は許した。というか初めから怒ってなんかいなかった。その当時は対応に困ってしまって、変な表情をしていたのかもしれない。

仕事が終わって更衣室で着替えをしていると、静井さんも声をかけてくれた。

「まさか副社長とひまりさんが結婚してたなんて思ってなくて。失礼なことをしてしまって本当にごめんなさい」

「もう謝らないでください」

私の顔色を窺い不安そうにしているので笑顔を作った。

「あのことがきっかけで木下さんとお付き合いするようになったんです」

「そうだったんですね」

以前よりも柔らかい雰囲気があっていい感じだと思う。今きっと精神的にも落ち着いている状況なのだろう。

「私が結婚することになったらぜひ、来てください。招待状送ってもいいですか？」

「参加させてもらってもいいんですか？」

「だってひまりさんはキューピットですよ」

あれだけ嫌なことをしてきたのに、こんなに態度が変わるなんて笑ってしまうけど、でも幸せな席に呼んでもらえるならそれはありがたい。このまま二人がゴールインすることを願う。

祝福してくれたり批判してきたり様々な反応があって、疲れた一日だった。

それに父と姉とこれからどのように接していけばいいのかと悩んでいる。

できることであれば縁を切りたいと思っていた。

＊　＊　＊

今回の一連の流れを父に伝えると激昂《げっこう》していた。そしてこれからの対応はすべて俺に任せてくれるとのことだ。

ひまりの後任も採用され、業務的にも安心している。

俺はもうひまりを悲しませたくない。

そのためには、父親と姉に接触をさせないことが一番の対処法だろう。

ひまりの父親が社長になってから今野製鉄は業績が著しく悪くなり、倒産の危機まで追いつめられていた。その責任を取らせる必要がある。

子会社になったことでうちの優秀な社員に経営を担当させるのが妥当だ。

急遽、役員会を行い、今回の人事についての権限は俺に任せてもらえることになった。

その前にひまりの母がどう思っているのか、ヒアリングをする必要がある。

連絡を取り都内のホテルの喫茶店に足を運んでもらった。

かなり緊張したような面持ちで顔色が悪い。こめかみの辺りが青くなっていることが気になった。

「わざわざ足を運んでいただきありがとうございます」

「いえ、こちらこそご迷惑をおかけしてしまい申し訳ありません」

普段から暴力をふるわれているのかもしれない。殴られているだけではなく、言葉でも傷つけられているのだろうか。

一言一言話すたびに怯えているように見えた。まるで結婚当初のひまりみたいだ。

「加奈子がせっかく決まった結婚を乱すようなことをしてしまっているようで、申し訳ありません……」

「そのことはもう大丈夫です。今後の対応を考えようと思っているところですが。その前にひまりさんがお義母様のことを心配していて。込み入った話をさせていただくのですが……」

「はい……」

「本当は離婚をされたいのではないでしょうか？」

ハッとしたような表情を見せたけれどすぐにうつむいてしまった。

「娘が結婚するという時に、離婚なんて……」

「そんなことは関係ありません。大切なのはお義母様の体と心の健康です」

その言葉にひまりの母は涙をポロリと流した。辛くて辛くてたまらなかったのかもしれない。

しばらく黙り込んだ後、ひまりの母は頭を下げた。

「離婚に向けて進めさせてもらってもいいですか？」

「お願いします。しかしどうやって……」

俺はスムーズに離婚できるよう弁護士に相談していた。

「まず、離婚の話を切り出した際、お互いに財産分与を放棄することにしてください」

ひまりの母は、不安そうな表情を浮かべている。

「お恥ずかしながら、社会に出て働いたことがないんです。まずは私の仕事を見つけてから離婚の話を切り出してもいいでしょうか？」

「安心してください。清算条項を定めておきます。これは後からトラブルにならないように結ぶものでして」

心配でたまらないといった表情だ。

「彼は婿養子に入っていただけで養子縁組をしていません。その場合、後に請求してもお母様が継いだ財産をもらえる権利はないのです。ただそれでは心苦しいので我が社として今野社長には退職金をご用意しようと思っています。ある程度の金額を用意するので、生活も助かると思いますし納得してくれると思います」

「退職金ですか？」

「離婚しても会社の社長として就任していたら、ひまりと接触することになります。それは絶対に精神的にもあってはならないことだと。元々はお母様のお父上名義の会社でしたね。しかし、元社長が会社を引き継いでから経営が著しく悪くなったという点がポイントなんです。責任を取ってもらうということです。ひまりやお母様に一切接触をしないようにと契約書に記入してもらいます。何も心配をすることはありませんよ」

ひまりの母は納得したようだ。

「弁護士を入れて手続きをしますので安心してください。もしよければ一緒に住みましょうか？」

「いえ、そこまでは……」

「わかりました」

それともう一つ、加奈子について確認しておかなければならないことがあった。

「ひまりさんのことは心配なさらないでください。心から愛していて一生大切にするとお約束します」

「ありがとうございます。その言葉が聞けて私は安心しました」

「ただ、今回のことはお姉さんにかなり脅迫されていたようで。警察に相談することも視野に入れていたのですが、それだけはしてほしくないと。その代わり一生会いたくないとひまりが言っていたんです」

「そうだったのですね……」

「どのように考えますか？」

ものすごく困った顔をしていた。悪質なことをしたと言っても今まで娘として育ててきたのだ。複雑な心境であるのは予想できる。

そして重たい口をゆっくりと開く。

「どこまでご存じかわかりませんが、私と加奈子は血がつながっていません」

「存じ上げていました」

「そうでしたか。けれど幼い頃から育てていたので特別な思いはあります。ただ、ひまりに対しての態度は目に余るものがありました。私がもっと強ければ止めることができたのではないかと深く反省しています」

そう言うとまた黙り込んでしまった。

「ひまりの気持ちを大切にしたいです。なので、ひまりに関しては……本人の望むようにしてあげてください。加奈子と私の関係については自分たちで話し合いをします」

「そうですか」

ひまりのことに関しては首を突っ込めるが、自分で解決したいというならそこまでは関与できなかった。

まずは離婚させることが先決だろう。一刻も早く家を出て避難すべきだと段取りを行った。

これから今野社長とひまりの姉の対応をしていくので、ひまりの母が大変な思いをするのが予想できる。

危険な目に遭わせてはいけない。

ひまりの母には、横浜市内のマンションに住んでもらうことになり、弁護士を通して離婚の手続きを進めてもらうことになった。

それと同時に今野製鉄の社長と加奈子への対応方法を考えなければならなかった。

だからどうしても結婚式は先延ばしという結論になってしまった。

＊　＊　＊

今日こそは、妊娠したことを伝えようと思っていた。

夕食が終わり口を開こうとしたタイミングで隆生さんも同時に口を開いたのだ。

「ひまり、大事な話がある」

「何?」

「実は結婚式を一年後くらいに延ばそうと思うんだが」

突然のカミングアウトだったので少し驚いた。でもきっと深く考えた結果なのだろうと思って私は黙って話を聞いていた。

「実は今日ひまりのお母さんに会ったんだ」

「え?」

「今は横浜市内のマンションで一人暮らしをしている。安全なところに避難したほうがいいと思って。勝手に行動して悪かった」

私は頭を左右に振る。

「助けてくれてありがとう」

「顔に痣《あざ》があったから。これはもう危ないなと思って」

父のことが許せなくて私は膝の上で握りこぶしを作った。

隆生さんは私の姉に対する思いを母に伝えてきたらしい。そして母が思っている姉への気持ちも聞かせてもらった。

私はもう姉とは関わりたくないけれど、母の気持ちを考えるとそこは母の思いを優先させてあげるべきだ。

母が姉と話し合いをしたいと言うなら任せるしかない。

私も隆生さんと同感だった。

「なるべく早く離婚する手続きを取りたいと弁護士にも依頼したところだ」

母がやっと父から解放されるのだと思うと安堵した。

「ありがとう」

「本当はすぐにでも結婚式をしたかった。しかし、今は対応しなければいけないことがあると思って両親も説得してある」

隆生さんは私の手を握って真剣な眼差しを向けてきた。

「一年後くらいに落ち着いたら、家族だけでこぢんまりと結婚式をしようかと思うがどうかな。今の時代はそれでもいいんじゃないかなと」

「素敵だね。一年後には家族も増えてるかもしれないし」

「たしかに、子供ができている可能性もある」

「隆生さんは、子供……好き？」

「子育てした経験もないし、一人っ子だから想像できないけど。でもひまりとの間に子供ができたら幸せなんじゃないかなって思う。男の子でも女の子でもいい」

穏やかな表情で話している姿を見たら、勇気が出てきた。

このタイミングで話すしかない。まるで赤ちゃんが私に与えてくれた伝えるチャンスのようにも思えた。

「あのね」

「ん？」

今だと思ったのに緊張してなかなか言葉が出てこない。困っている私を見て隆生さんは優しく手を握ってくれた。

「実は赤ちゃんができたみたいなの」

「えっ」

すごく驚いた表情をした。時間が止まったかのようだ。

人は驚きすぎるとこんな風になるのかもしれない。

けど次の瞬間、瞳がものすごく優しくなって涙を浮かべた。

私のことを抱きしめて彼は震えながら泣き出した。

「まさかそんなことになっているとは思ってもいなかった。ひまりは俺や会社を守るために一人で耐えていたんだな」

「隆生さんの子供は、なんとしても産んで育てたかったの。姉のこともあって……お腹の子供がどうなるかと怖くて誰にも言えなかった」

「悪かった」

「隆生さんは、悪くないよ」

いつもリーダーシップをとって突き進む彼が小さく見えた。

こんな一面も見せてくれたんだと、愛おしさがこみ上げてきて彼の背中を抱きしめながら撫でた。

ちゃんと伝えることができてよかった。

私の中でも、大きな安堵が広がって幸せな気持ちで体が満たされていく。

「クリニックに行って検査をしただけだから、これからちゃんと出産する病院も決めたいの」

「そうだな。最近友人の奥さんが出産したそうだが、とてもいい病院だったらしいから情報聞いてみる」

私たちは微笑み合う。そして額をくっつけた。

「ひまり、本当にありがとう」

「こちらこそ」

「お腹の子供を夫婦で全力で守っていこうな」

「隆生さん、ありがとう」

やっと伝えることができて安堵の涙を流してしまった。

不安なことも多いけれど彼がついていてくれたら何も怖いことはない。


それから間もなくして母の離婚が成立した。

そして隆生さんは早速、私の産婦人科を探してくれた。

芸能人やセレブが出産する病院で有名なところらしく、そしてそこはなんと隆生さんが生まれた病院でもあった。

場所は東京都内にあるので、車で行くと四十分ぐらいかかるが、安心して出産できると評判らしい。

予約を取るのがかなり大変らしいが、隆生さんの知り合いが顔を利かせてくれて優先的に見てもらえることになったのだ。

申し訳ない気持ちとありがたさとが入り交じったが、隆生さんがせっかく知り合いから紹介してもらったので利用させてもらうことにした。

そして今日は初めて受診する日。

「忙しいんだから、あまり無理しなくても大丈夫だよ」

隆生さんが一緒についてきてくれると言う。

「初めての子供なんだ。ひまりも不安だろ？」

「そうだけど、でも大丈夫。ちゃんと一人で行けるよ」

彼は私の肩をつかんでじっと見つめてきた。

「……というか、俺が行きたい」

「そう？」

素直に気持ちを伝えてくれて可愛い。

「じゃあ、お願いしようかな」

迎えに来ていた車に乗り出発した。

到着すると大都会だけれども近くに緑があり落ち着く雰囲気でもある。病院の中に入って受付を済ませて、隆生さんと待っていた。

珍しく彼は落ち着かない様子だ。

「隆生さん、大丈夫？」

「あぁ……。思ったよりも緊張するな」

名前が呼ばれて診察室に入ると、女性の院長が対応してくれた。

「十週ですね」

「ありがとうございます。元気に出産できるようにどうぞよろしくお願いします」

深く頭を下げると院長は楽しそうに笑い出した。

「隆生さん、実はあなた様のお母様を担当したのは私なんですよ」

「えっ」

「こんなに立派になられて。お父様になるのですね」

すごい偶然で驚いてしまったが、何かの導きなのかなという感じもした。

私たちの赤ちゃんは来年の三月下旬頃に生まれてくる予定だ。希望に満ちた季節で素敵な時期でもある。

今から楽しみで仕方がない。

次の予約を入れて会計を済ませて病院を出ると、ものすごい晴天だった。

今まで辛く悲しいことが多い人生だったけれど、最高の幸せの瞬間をかみしめる。

「今週の土曜日、両親に報告しよう」

「うん」

＊　＊　＊

土曜日は朝から隆生さんの実家に向かっていた。

到着するとランチを用意してくれていて、ご馳走《ちそう》になることになった。

「今日は様々な報告があるんだ」

「報告？」

義母が不安そうな表情をする。

「まずあまりいいことじゃないことから報告する」

隆生さんは私の母の離婚のこと、姉との関係のことを説明した。

そして結婚式が延びてしまったことをお詫びし、落ち着いた頃に家族のみで楽しく行いたいということを伝えたのだ。

義両親は理解してくれ深く頷いてくれた。

「ひまりさん、こちらも大変な思いをしていることに気づいてあげられなくて申し訳なかった」

義父が眉間にしわを寄せる。

「いえ、私もご迷惑をおかけして本当に申し訳なかったと思っています」

「ひまりさんは何も悪くないのよ」

義母の優しさに胸が温かくなる。

「次はいい知らせだ」

二人は瞳を輝かせている。

「実はひまりが妊娠した」

重苦しかった空気が一気に明るくなっていく。

まだ生まれていないけれど、幸せな空気に包まれていて、赤ちゃんに感謝だ。

「それは結婚式を延期して正解だったんじゃないかしら」

「あぁ、知り合いにおすすめの病院を聞いたら、なんと俺が生まれた病院だったんだ。しかも担当してくれるのが院長で俺を取り上げてくれた人らしい」

「そんな偶然があるのね」

義母は手を合わせながら瞳を輝かせて当時の話をしてくれた。

「本当に楽しみだな」

「はい！」

私と隆生さんの間に生まれてきて、この両親にたくさん可愛がってもらえる未来を想像し、幸せで胸がいっぱいになった。

八月末になり、私は退職日を迎えた。

いつものように、お茶の準備をして社長室と副社長室へ行く。

隆生さんは、私の姿を見ると、今日までお疲れ様と言ってくれた。

退職の発表をしてから私が担当していた仕事を後任に引き継ぎ、あっという間に日付が過ぎていった。

そして最後の日になり、私は寂しさで胸がいっぱいだった。

社会人として、仕事をさせてもらったことが本当にありがたかったし、皆さんいい人だった。

ランチを終えた後から、机周りを整理整頓する。

定時になり、まだ仕事をしている人もいたが、秘書室長が皆さんに号令をかけ、挨拶させてくれた。

「今野さんは本日で退職されます。今までほんとにありがとうございました」

そして花束とプレゼントを私に手渡してくれたのだ。

このような形で寿退職ができると思っていなかったので、ありがたくて涙が出てくる。

「皆さんに会えなくなるのは寂しいですが、本当にありがとうございました」

「何を言ってるんですか。副社長のご夫人なんですよ。いつでも顔出してね」

いつも声をかけてくれた春子先輩が笑顔で言うと、部署内の皆さんも大きく頷いていた。

私は感謝の気持ちを込めて頭を下げた。そして、無事に退職したのだった。


退職した次の日、母がマンションに訪ねてくる。

家でランチをする約束をしていたので、しらすと小松菜の和風パスタと、サラダとコンソメスープを用意した。

お昼頃、チャイムが鳴ったので部屋のドアを開けると母が立っていた。

「いらっしゃい」

「おじゃまします」

いつも何かに追いかけられているような表情をしていたのに、取り憑《とつ》かれていたものが消えたみたいだった。その姿を見るだけで母が穏やかな時間を過ごしているのだと理解できる。

「入って」

「ええ」

実は入籍してから、母は一度もこの家に訪ねてきたことがなかった。

通常であれば娘夫婦がどんなところに住んでいるか見たいはずなのに、父が外出を許してくれなかったのだ。

「素敵な部屋ね」

「うん。今日は天気がいいから海も空も一段と綺麗に見える」

「これ、二人で食べて」

母が紙袋を手渡してきたので、受け取った。

「気を使わなくていいんだよ。いつでも気軽に会いに来て」

「ありがとう」

「ご飯作ったから、そこに座って」

食卓テーブルについた母はそわそわとしながらでも嬉しそうな表情をして私の姿を見ていた。

「本当は家政婦さんを入れてもいいって言ってくれたんだけど、小さい頃からお母さんの料理する姿を見ていて私も結婚したら料理したいと思ってたから、好んでやらせてもらってるの。どうぞパスタだよ」

お皿を出すと母は覗き込んでほっこりとした表情をした。

「ひまり、今まで辛い思いをさせてきて本当にごめんね」

母が涙声になっていく。その声音を聞くだけで胸が締めつけられる。

「ひまりのことを守ってあげられなくて申し訳なくて、何もしてあげられないダメな母親だった」

「そんなこと、ない」

頭を左右に振って話を続ける。

「加奈子のことも、自分の娘として大切に育てていたのに、お父さんがお前たちは本当の姉妹じゃないんだって言ってしまってね。あの子はあの娘なりに辛かったのかもしれない」

姉は異母姉妹だと知っていたのだ。知らないのは私だけだった。

「でも、ひまりにしてきたことは、許されることではないし、KGモーターさんにも多々迷惑をかけてきたから……」

「お母さんは何も悪くないよ」

「もっとひまりが小さい頃に家を出ていけばよかったって今になって深く深く後悔してるの。隆生さんには、離婚まで手伝ってもらって……」

私も家を出たいと思ったことは何度もあったけど、でも結果的にあの家にいたからこそこうして隆生さんと結婚することができたのだ。

「何から何まで隆生さんにやってもらって感謝している」

「本当にありがたいよね。でも一番いい結果になったんじゃないかな。せっかく作った料理が冷えちゃうから食べて」

「いただきます」

口に運ぶとすごく美味しいと喜んでくれた。大好きな母とこうして食事を楽しめるということが私にとっては嬉しいことである。

明るい顔をしていたのに母は悲しそうな表情を見せた。

「私のせいで結婚式が延びてしまってごめんね」

昔からの癖なのか母は謝ってばかりだ。

私も結婚した当初はそうだった。

自分の存在を誰も認めてくれない気がして、自分を否定してばかりで生きていたのだ。今思えば苦しい生き方だった。

「もう謝らないで。私もお母さんもこれからは過去のことを忘れて未来に向かって歩いていこう。今まで自由にお母さんと出かけられなかったから、これからは一緒に出かけたいし、楽しいことをいっぱいしていきたいと思ってるの」

「ええ、ありがとう」

今日はつわりが落ち着いていて、私も一緒に食事をすることができた。

「お母さん、これからどうするの？」

「そうね。趣味がないからいろいろ経験してみたいわ。映画を観《み》たり、音楽を聴いたり、絵画も興味があるのよ」

「いいね。チャレンジしてみたらいいよ」

食べ終わると私は母にアイスティーを用意する。

そして妊娠したことを伝えようと、目の前に座った。

「お母さん、あのね」

「何？」

「実は赤ちゃんができたの」

「え？」

ものすごく驚いたようで大きな声を出した。そして頬を桃より染めて瞳を輝かせている。

「ひまり、そうだったのね」

「お母さん、おばあちゃんになるんだよ」

「嬉しいわ。ひまりの赤ちゃんに会えるなんて」

母がものすごく喜んでくれる。

また近々会うことを約束して、母は夕方に帰っていった。

第六章　けじめの時

最後のけじめをつける日がやってきた。これから今野製鉄へ弁護士と岡田と共に足を運ぶため、車に揺られていた。

ひまりを安心させたい。

そして子供をお腹の中で元気に育てて、出産することに集中してもらいたいと思っていた。

今野製鉄へ到着して応接室に通される。

俺が話をしようとしたら今野社長が先に口を開き出した。そして自分を正当化することをペラペラと話し始めた。

「わざわざ、ご足労いただきありがとうございます。娘らの喧嘩《けんか》みたいなものに巻き込んで申し訳ありませんでした」

こんなことに時間を使ってられないので俺は書類を出す。

「今野社長には今までの業績不振の責任を取っていただきたく、本日は通達に参りました」

「な、何だって！」

かなり慌てている様子だ。

「役職者会議で決定しました」

「私に社長の座を降りろというのですか？」

「はい」

俺は冷静に対応する。

「しかし！」

「子会社になるということは決定権は我が社にあるということです。規定の退職金をお支払いいたします」

悔しそうな表情を見せたが、すぐに余裕の笑みを浮かべた。

「ふん……まあ、いい。今野家の財産の半分は俺のものだ」

「その権利はありません。残念ながら婿養子だけではもらえないのです。養子縁組をしていないと」

「何だって？」

今野社長は驚いたように目を大きく見開いた。この反応を見る限り、大切な部分を把握していなかったに違いない。

俺の合図で、畳みかけるように弁護士が話を始めた。

「離婚が成立していますね。その際、清算条項を定めておりますので、今から何を言ってもひっくり返ることはまずありません。黒柳副社長が言った通りです。今野社長は財産をもらえる権利がないのです」

今野社長は顔色がだんだんと悪くなる。

「ふざけるな！　遺留分侵害で訴える！」

「残念ながら同意してサインもされていますから、考えればおわかりになるかと」

もう何も言えなくなってしまった今野社長は、負けを認めざるを得ない状況となった。

「今後は一切、ひまりの前に現れないでください。幼い頃から彼女を傷つけてきたことを絶対に許しません」

今野社長は抵抗せず、それきり言葉を発しなかった。

彼がひまりのことを少しでも大切に思うような発言をしていれば、考えを変えていたかもしれないが、一切そんなことはなかった。

ひまりは実の娘だというのに愛情のかけらもなかった。彼女のあの姿を思い出すとショックで胸が痛くなる。

ひまりの姉については脅迫罪ということで警察に相談することも視野に入れてきたが、ひまりは姉に罪を背負わせたくないと言っていた。縁を切るのはいいことなのかと悩んだが、ひまりは幼い頃から本当に辛い思いをしていた。

そこで弁護士を通して、面談の許可を取ってもらったのだ。今野社長と会ったその足で向かう。

ホテルに到着し、待ち合わせ場所のカフェに到着した。待っていると、ひまりの姉が登場する。

「お久しぶりです」

笑顔を見せて、余裕の表情だ。

「すべて話は聞きました」

「何のことですか？」

しらを切るつもりなのだろうか。俺は鋭い視線を向ける。

「あなたのせいで、今回の結婚の話が複雑なことになってしまいました」

「人聞きが悪いことを言わないでくださいませんか？」

ここに来てまで、自分が悪いと言うことをまったく認めないのだ。俺はあのままこの人と結婚させられていなくてよかったと心から思う。

「今先ほどお父様が役職を解任されました。これで完全にうちの会社とも縁が切れたということになります」

「え？」

新しい情報だったので、彼女の耳にはまだ届いていないようだった。

「そんなことありえないわ。弁護士を用意して、こちらも戦わせてもらう！」

「構いませんが、すべてお父様は同意して書類を書かれております。残念ながら勝ち目はないと思います。そうであれば今回のことはもうこれで終わらせたほうがあなたのためにもなると思いますよ」

納得しないような表情をしている。

「本来であれば、あなたの所業も脅迫罪として警察に相談させていただくところでした。訴えるだけの証拠は様々揃っています。なのであなたに勝ち目はない」

「……そ、そんな」

加奈子は悔しさを滲《にじ》ませる。

「しかし、ひまりは今まで一緒に暮らしてきた人に罪を背負わせたくないと言ったんです。深く傷つき、精神的苦痛で顔色も悪く、体調も悪い日々が続きました。今後、一切会わないと約束していただけないでしょうか？」

「……っ」

「これ以上つきまとうなら、刑事告訴も検討して参ります」

その言葉で、やっと彼女は正気に戻った表情をする。

「もう、私も関わる気なんてないわ」

「ではこちらにサインをしてください」

弁護士が冷静な表情で契約書を差し出すと、加奈子は名前を記入した。

そしてふてぶてしい態度で立ち上がり、ヒールを鳴らしながらその場を去っていった。

これですべて解決したのだ。

そう思うと喜びが湧き上がってきたが、家族という括《くく》りの中で暮らしていた人たちがバラバラになってしまったことは、やるせない気持ちで胸がいっぱいになった。

だからこそ、ひまりと、生まれてくる子供を俺は全力で守っていきたいと思った。

第七章　苦しみを乗り越えて

結婚報道が出た時は、マスコミが多少取材に来たりもしたけれど、隆生さんが番組内で改めて発表してくれたことでだんだんと落ち着いていった。

私は仕事を辞めてもうすぐ一ヶ月になろうとしているところだ。

私のお腹は少し膨らんできて、ここに大好きな人の赤ちゃんがいるんだなと思うと今から会いたくてたまらない。

まずは健康に順調に育っていくことを願うばかりだ。

のんびりと自宅で過ごしていることが多く、母や義母が遊びに来てくれたり、三人で一緒にお茶をすることもあった。

最近は体調もすごくいいので、今日は母と散歩をしていた。

妊娠中も引きこもってばかりいては体力がつかないので、体調のいい時は軽く運動をしてくださいと言われているのだ。

それに母は頻繁に付き合ってくれている。今となって母と娘の時間はゆっくり取れている気がした。

それもすべて隆生さんが父や姉の対応をしてくれたおかげだ。精神的に安定した日々を過ごすことができていてありがたくてたまらない。

ベンチに腰をかけてノンカフェインのお茶を飲んでいた。

海を眺め、穏やかな時間を過ごす。観光客やカップル、仕事中の人たちが思い思いにゆっくりとしていた。

「あのね」

母が口を開いたので私は彼女に視線を移す。

「加奈子と会ったわ」

「……そうだったんだ」

「加奈子なりに反省しているようだったけど、でももうひまりの前には現れないと言っていたわ。それでね、本当の母親がアメリカにいるっていう情報をつかんだみたいで、連絡も取れて、本当の母親も迎え入れてくれたみたいでね。だからしばらくはアメリカに住むって言ってたわ」

育ての母としては複雑な心境なのだろう。少しだけ寂しそうな顔をしていた。

「お姉ちゃんが幸せに過ごしてくれるならそれが一番だよね」

「ええ」

心配になったが母は吹っ切れたような表情をしている。

私もそばにいるし、お腹の赤ちゃんも生まれてくるから、きっと明るく元気に母も過ごしていけるに違いない。


散歩を終えた後は、夕食の買い物をしてマンションに戻ってきた。

今日も無理しないように家事を楽しんでいると、夜になり隆生さんが帰宅する。

「おかえりなさい」

「ただいま」

穏やかに挨拶を済ませ、彼は手洗いとうがいをすると私を抱きしめるのが日課だ。

そして、しゃがんでお腹を大切に撫でながら「ただいま」と言う。

その優しい表情が大好きで、彼はきっといい父になるんだなと想像ができた。

今日も美味しいと言いながら夕食を食べてくれる。料理を食べながら一日の出来事を話していた。

「お母さんと散歩してきたよ。実はお姉ちゃんと会ったみたいなの。本当のお母さんがアメリカにいるらしくてアメリカに住むんだって」

「そうか」

それ以上、この話題には触れなかった。

夕食が終わると私たちはソファに並んで一緒に映画や、バラエティ番組を見てゆっくり過ごす。するとお腹がポコポコと動き出した。

「動いた」

「え？」

隆生さんは驚いたように私のお腹に触れるけど、すぐに胎動は止まってしまう。残念そうな表情をしてお腹に話しかけるのだ。

「今度、お父さんにも動いているところ見せてくれよ」

大きな手のひらが私のお腹に触れると幸せな気持ちで胸がいっぱいになった。

隆生さんが私に微笑みかけてきた。

「子供が生まれてくるのはすごく嬉しいけど、やはり大変になるから、体調がいい時は今のうちにデートをしておきたいな」

「そうだね。私も子供がいたら、なかなかゆっくり見れないところとか行ってみたいと思ってたの」

そう言ってタブレットを開いて、顔を寄せ合ってインターネットで検索してみた。

『マタニティ　デート』

調べてみるといろいろ出てくる。

【子供がいたら行けないところに行っておきたい】と書いてある人もいっぱいいた。

例えば豪華ディナーとか。焼肉屋さんとかラーメン屋さんも小さな子供がいるとゆっくり食事ができないみたい。

「言われてみればそうだよね」

「あぁ」

後はテーマパークとか。行きたいなと思っても子供が小さなうちは、ゆっくり見てくることができない。

「マタニティプランがある温泉とかもあるんだね」

「それもいいな。年末年始は少しゆっくりできると思うから、どこかに泊まってもいいし。でも病院の先生に相談してからにしよう」

「うん。三十四週以前だったら旅行も大丈夫とは書いてあったけど、ちゃんと相談してからにしたほうがいいよね」

「そうだな」

「十二月に新商品の発表会があるよね。隆生さんが心を込めてやってきたプロジェクト。その大成功のお祝いも兼ねて旅行してこようか」

「いい考えだ。よし、頑張るぞ」

私と隆生さんは笑顔を交わす。

「じゃあ、隆生さんお風呂お先どうぞ」

彼は思案顔をする。

「風呂場で足を滑らせては大変だから、一緒に入ろう」

「えっ！　大丈夫だよ」

心配そうな瞳をされると断ることができない。でも一緒にお風呂に入るなんてしたことがなかったから、恥ずかしくて頬が熱くなってくる。

「今さら何を恥ずかしがってんだ？」

「だって」

「俺はひとときもひまりと離れたくないんだ」

「隆生さん」

「それほど愛している」

真剣な眼差しを向けられる。

「わかった」

バスルームに向かい二人で服を脱ぎ、シャワーを浴びる。

自分で洗えるというのに頭のてっぺんから足の先まで優しく洗ってくれた。

そして浴槽に浸《つ》かり、私のお腹を大切に撫でてくれるのだ。産まれてくるのが楽しみで仕方がないと言った様子だった。

「のぼせたら大変だからそろそろ上がろうか」

「そうだね」

お風呂から上がると妊娠線予防のためにお腹にクリームを塗って優しくマッサージしてくれる。

「ふふ」

くすぐったくて思わず笑ってしまう。するとお腹の中の赤ちゃんもポコポコと動き出す。

「動いたぞ！　ベビも楽しいのか？」

隆生さんが私のお腹に話しかける。

私たちは赤ちゃんのことをベビとか、ベビちゃんと呼んでいた。

「冷えたら大変だから終わりだ」

そう言ってお腹を隠してくれる。

隆生さんは過保護の父親になるのではないかと思うほど私のことを大切に扱うのだ。

「ありがとう」

お礼をすると彼はにっこりと笑った。

＊　＊　＊

時が流れ、私のお腹がだんだんと大きくなっていく。歩くのが大変になってきた。思わず「よっこらしょ」と声が出てしまう。

隆生さんと一緒に出かける時は、歩幅を合わせてゆっくりと歩いて、私が転ばないように手をつないでくれたり、腰に手を回してくれたりして、いつも安心して出かけられていた。

隆生さんは仕事で忙しいのに、私を楽しませようとしっかり時間を作って、ドライブや映画館、いろいろな場所に連れて行ってくれた。

私たちがはまっているのは、マタニティフォトを撮ること。お腹の膨らみと綺麗な景色を一緒に記念として写真に残しておくのだ。

もう少しお腹が大きくなったらプロの写真家に撮影してもらうことも計画している。

今日は休みで特に予定がないとのことで、紅葉を見に行くことになった。天気がいい。

「温かいからテイクアウトでもして公園で食べようか?」

隆生さんが提案してくれたので、私は頷いた。

今日は彼が運転すると言って車に乗り込む。

「子供が生まれたらチャイルドシートも用意しなきゃな」

赤ちゃんが生まれてくるのが楽しみで仕方がないらしい。

車を走らせていると外観がおしゃれなサンドイッチ屋さんを発見した。

「ここにしない?」

私が提案すると、隆生さんも「賛成」と言う。

駐車場に車を入れて店内に入ると、数えきれないほどのサンドイッチがショーケースに並んでいた。

どれも美味しそうで悩んだけれど、私たちは四種類購入して外に戻ってきた。そこから車を走らせてすぐのところに紅葉の綺麗な公園がある。天気にも恵まれていたのでたくさんの人が見に来ていた。

赤や黄色の葉が美しくて、うっとりしてしまう。

そんな私のことを隆生さんがカメラで撮影する。彼は赤ちゃんが生まれてきたら、たくさん写真を撮りたいと言ってカメラを購入したのだ。

私にはカメラの価値がよくわからないけれど、見る人が見たら性能のいいカメラだとわかるのだろう。

隆生さんはこだわるとこにはこだわる人なので、きっとカメラも選びに選んで購入したに違いない。

私は彼に向かって笑顔を向ける。そしてお腹を撫でながら写真を撮った。

セルフマタニティ写真は、お腹の大きさがわかるのでことあるごとに記録に残しておく。

生まれてくる前から赤ちゃんとの思い出を作るなんて、素敵な行事だ。子供が大きくなったら見せてあげよう。

芝生の上にシートを敷いて休んでいる人もいっぱいだけど、下に座るのが大変なので、私はベンチに座ることにした。

隆生さんは私を支えて優しく座らせてくれる。

「じゃあ、食べよう。ひまりはどれにする？」

「えっとね……全部美味しそうだから迷っちゃうな」

私が選んだのはバンバンジー。鶏肉《とりにく》がたっぷり入っていてさっぱりしてそうで美味しそうと思ってこれにした。隆生さんはたまごサンドをチョイスする。

「いただきます」

サンドイッチを頬張るととても美味しくてまた買いにこようねって約束した。

家族と一緒に思い出を作り時間を過ごすことが何よりも幸せな一ページになる。

こうして私たちは人生が終わるまでページを増やし続けるのだ。隆生さんと生まれてくる子供との未来が想像できた気がした。

「これからもずっと一緒にいようね」

突然の私の言葉に彼は驚いたような表情をした。

「改めてどうしたんだよ。そんなこと言われなくても永遠にずっと一緒だ」

一日一日過ごしていくと、お互いの絆《きずな》が深くなっていくのを実感する。こうして私たちらしい家族の形が整っていくのかもしれない。

「子供が生まれたら一軒家を建てるのもいいかもしれないな」

楽しそうに走っている子供を見て、隆生さんがおもむろにつぶやいた。

「うん。子供ってエネルギーすごいもんね。広い庭とかあったらキャッチボールとかテニスとかでも遊べるし、バーベキューとかもできるからいいよね」

公園というだけあって、たくさんの子供が遊んでいるのを見ると、想像が膨らんでいく。

幼い頃の私は辛い未来しか想像できなかったけど、隆生さんに出会えて、自分の未来が希望に満ちているように思えるようになったのだ。

感謝で胸がいっぱいになり、また泣きそうになる。でも私はこれから母親になるのだ。

強くなって子供を守らなければいけない。

だからいちいち泣いていられないのだ。気持ちを引き締めて空を見上げると、空の青と紅葉の赤、黄、茶色がすごく美しかった。

*　*　*

最近の隆生さんは、かなり忙しい日々らしく、帰ってくるのが遅い。

家で夕食を摂ることもあまりないので自分の分だけ用意することが多かった。

日をまたぐのも当たり前になっている。

体調を崩してしまわないか心配でたまらない。

いつも帰ってきてくれるのに、今日は連絡もなくもう深夜の三時だ。時計を何度も確認するけれど一向に連絡がない。

「隆生さん……どうしたのかな」

仕事中に邪魔をしてはいけないと思って連絡をしなかったけど、さすがに心配になってくる。

何かあったのかなと思わず電話を鳴らした。ところが出てくれない。

嫌な予感がして秘書の岡田さんにメッセージ送ってみる。

『真夜中にすみません。隆生さんが戻ってこないのですが、何か知っていることはありますか?』

すぐに電話がかかってきた。

『今奥様にご連絡しようと思ってたところです。副社長が病院で点滴を受けています』

『え!』

病院の名前を聞いて私はすぐにタクシーを予約して病院に向かった。

きっとすごく無理をしていたに違いない。

隆生さんは時間を作って私と一緒に散歩やドライブなどに連れて行ってくれた。お腹のこともいつも気にかけてくれていたし、母のことも気遣ってくれていた。

それに加えて大切な仕事があって、かなり疲労が溜まっていたのかもしれない。

変な病気ではないことを願いつつ、私はタクシーに揺られていた。

病院に到着し名前を告げたらすぐに病室を教えてもらった。

隆生さんはすでに点滴を終えていて元気な様子だった。

私の姿を見て驚いていた。

「ひまり!?」

「隆生さんっ」

近づいて抱きしめると彼はかなりびっくりしている様子だ。すぐそばに岡田さんがいるのに私は正気ではいられなかった。

「お腹が大きいのにこんな夜中に病院に来なくてもいいんだぞ」

「だって心配で仕方がなかったの」

「ごめんな、心配かけて。ちょっと過労だったみたいだ。点滴してもらったらスッキリしたから大丈夫」

思わず落ち込むと、隆生さんが頭を撫でてくれる。

「帰ろうか」

「うん……」

私たちがロビーで待っていると岡田さんが会計処理をしてきてくれた。

そして、タクシーで自宅に戻ってきたのだった。

大きな病気でなかったのはよかったけれど、今は私の体よりも会社のことを優先してほしいと思う。

家に戻り隆生さんにベッドに横になってもらうことにした。

「ゆっくり休んでね」

彼は離れてリビングに行こうとする私の手をつかんだ。

「本当に心配かけてごめん。もしよかったらそばにいてもらえないか」

「うん」

彼が望むならと隣で添い寝した。

「ひまり……愛してる」

「私も」

「もう大丈夫だからあまり心配しないでくれ」

「……わかった」

安心したように眠ってくれる。

私はリクエストされたから自分の行きたいところを言っていた。

仕事を一生懸命頑張って休みの日は家族サービスに全力で励んでいてくれたのだ。

こうやってそばにいてくれるだけでも幸せなのだから、無理をしないでと伝えていきたい。

すやすや眠る夫の頬にそっとキスをした。


十一月になり、新車が発表される日になった。

大々的にプレスリリースを打ち、記者会見の模様はライブ配信でも行われることになっている。

私も会場に行きたかったけれど、人混みが多いところに行って体調を崩してしまったら迷惑をかけるので、自宅からライブ配信を視聴することにした。

今日の会見は世界中に注目されているものらしい。

『丈夫な車を作る。そして人の命を守る』

過去から言われてきた当たり前のことだが、今出せるすべての力を出し作られた車だと話をしていた。

司会者の女性が登場し画面には『KGモーター新車説明会について』とスライドが映し出されていた。

『皆様お集まりいただきありがとうございます。それではただいまよりKGモーター新車説明会を開催いたします』

大きなイベントということでド派手な演出が予定されているようだ。

画面には車の紹介の映像が映し出された。

まるで短編映画のようなストーリー性のある展開で見ているだけで私は感動して思わず涙がポロリとこぼれた。

『続きまして今回のプロジェクトリーダーであるKGモーター黒柳隆生よりスピーチがあります』

紹介されると隆生さんは堂々としたいでたちで現れた。

いつも一緒に過ごしている人だとは思えないほど、スポットライトを浴びてキラキラと輝いている。

芯がある性格で、力強い眼差し。

彼の瞳の中には人の命を守り家族の幸せを作っていきたいという強い強い未来が見

えているのだ。

『こうして新車を発表することができて光栄です。私たちが大切にしていること。それは車に乗り充実した毎日を過ごし、大切な家族の命を守るということです。その原点に立って私たちは開発を繰り返してきました。環境に優しいエネルギーを使いつつ、頑丈な車を作る。今回、完成した車を自信を持って紹介させていただきます』

こんなに大きなプロジェクトを抱えながら、結婚の話を進めて、しかも姉が途中で消えてしまい身代わりに私が結婚相手となった。

私のことを気遣っていろいろなところに連れて行ってくれたり、いつも気にかけてくれたり、本当に素晴らしい人と結婚したと思う。

私はたくさんのことを彼に与えてもらった。だからこれからは私も彼に恩返しをしていきたい。

＊　＊　＊

発売された車は過去最高の売り上げを叩き出し、国内外で注目される車となった。

隆生さんは少し肩の荷が下りたらしく、穏やかな表情を浮かべていることが多い。

そうは言ってもまた次から次と新しいプロジェクトがあるのでなかなか気は休まらないようだ。

家に戻ってきた時は癒《いや》される空間を作りたいと思っているけど、彼は自分のしてほしいことを言わずに「そばにいてくれたらいいんだ」としか言わないのだ。

どこまでも優しくて私のことを一番に考えてくれる。

いい人すぎて申し訳ないなとか、自分が相手なのが今でもふさわしくないんじゃないかなって考えてしまう。

でもマイナスのことを考えていても仕方がない。夫婦として縁あって結ばれた二人なのだ。できるだけ前向きに生きていきたい。

人生には困難が多いかもしれないけど、明るさがあれば乗り越えていく力が増していけると思う。夫と結婚して私は変わっていけた。


年末年始は出産前の二人きりの時間を大切にするということと、大きなプロジェクトを終えてお疲れ様会を含めて計画通り旅行することになった。

その日が来るのを楽しみに毎日を過ごしていた。

胎動は日々感じられていて、私がお腹をポンポン叩くと、赤ちゃんがポンポンと蹴ってくることがある。

コミュニケーションが取れる喜びを感じながら楽しく過ごしていた。

「早く会いたいね」

お腹を撫でて話しかけるのが日課である。

もうここまで来ると一人の体じゃないんだなということが実感できた。だからあんまり無理はしないようにして、大切に大切にお腹の中で育てていきたい。

時間があれば生まれてくる赤ちゃんのために編み物をして過ごしている。


そしてあっという間に二十六週を迎えた。

お腹が大きくなってきて内臓が圧迫されて疲れる時も多いけれど、もう少ししたら子供に会えるのだと思ったら嬉しくてたまらない。

マタニティライフを思う存分楽しまなきゃ。

今日は定期検診に行ってドクターからも年末年始の旅行の許可が下りた。

そのことを隆生さんにメッセージすると『赤ちゃんが生まれてくる前に少しゆっくりしてこよう』と返事が届いていた。

「今年もあっという間だったね」

「あぁ」

十二月三十一日を迎え私たちは車で箱根に向かっていた。

無理をしなければ、飛行機を使っても大丈夫だと言われていたので、もう少し遠出ができたけれどももし何があったら困るので今回は近場に宿泊することにしたのだ。

妊婦にも優しい宿ということで選ばせてもらった。途中で美味しいピザ屋に行ってランチをしてからホテルへと向かう。

到着すると部屋の中に大きめのクッションが置かれていたり、座りやすい高さの椅子があったりとありがたいおもてなしだ。

「じゃあ早速、行くか」

「うん」

宿泊プランについているマタニティフォトをプロの写真家に撮ってもらえるのだ。年末年始なので難しいと思っていたが、年末年始に予定を入れる人が多く、写真を撮ってくれるサービスも実施するとのことだった。

ここのホテルには結婚式場もあり、フォトスタジオもある。時間もたっぷりとってくれていてまず衣装選びから始まった。

担当してくれるカメラマンは女性で優しい雰囲気の人だ。

「ドレスとかもありますけど、ご主人様が一緒に写るならお揃いの格好をしたりとかもおすすめですよ」

「俺はいい。ひまりだけで」

「一緒に撮りたいな」

私が言うと隆生さんは困った顔をしている。

「アフターマタニティフォトもおすすめなんです」

「それはどういうものなんですか？」

気になって私が質問すると担当のカメラマンは明るい笑顔で説明してくれる。要するに赤ちゃんが生まれてからも同じポーズで写真を撮るというものらしい。

「それすごくいい！　やっぱり一緒に撮ろう」

「ひまりがそこまで言うなら……」

しぶしぶだったけど隆生さんに了承してもらい私たちは一緒に写真を撮ることになった。

衣装は悩んだけれど私たちは白をベースに選んだ。私は簡易ドレスで隆生さんはシャツにジーンズというラフな格好。

お腹を出して写真を撮る人もいるけれど、彼は私の露出をすごく心配するのでお腹を出さないで膨らみだけわかるように写真を撮ってもらうことにした。

少し緊張したけどカメラマンが声をかけてくれ、最後には楽しく自然に笑顔を作れたと思う。

カメラ撮影が終わると夕食の時間になった。

「プロジェクト大成功おめでとう！」

りんごジュースで乾杯をした。

温泉といえば料理だ。

「どんなものが出てくるかすごく楽しみにしていたの」

「すごく豪華だな」

「うん」

素材そのものの味付けを大切にし、妊婦の体に負担にならないような食事が提供される。

懐石料理はどれも美味しくてお腹いっぱいになった。

食事が終わると私たちは露天風呂に入った。空気が冷たいけれど、目を閉じると風の音が聞こえてきてとても癒される空間だ。

二人で空を見上げると星が美しい。

「子供の頃に夢見ていた宇宙に関わる仕事には就けなかったけど、それよりも予想を超える幸せな未来だった。愛する人と星空を見ることができて最高だ」

彼の横顔に胸がジーンとする。

「子供が生まれて少し大きくなったらまたここに来よう」

「そうだね」

体を温めて部屋に戻ると、カウントダウンのテレビ番組がやっていた。もう今年も終わるのだ。

今年が始まる頃にはまさか結婚してお腹に赤ちゃんがいるなんて想像もしていなかった。

来年はどんな年になるのだろうか。

テレビでカウントダウンが始まる。

『5・4・3・2・1　あけましておめでとうございます！』

新しい年を迎えた私たちは見つめ合って新年の挨拶を交わした。

「今年もよろしくね、隆生さん」

「こちらこそよろしく」

顔を近づけて新年のキスをした。

「これからも一年一年、年を重ねていこうな」

「うん」

私たちは手をつなぎながら眠った。

すごくいい夢を見た気がする。

笑顔に包まれているような、はっきりは覚えていないけどそんな夢。

目を覚ますと隆生さんは安心したように眠っていた。

私は窓に近づいて景色を眺めると朝日が入ってくる。

とても気持ちがいい。

辛く苦しいこともあったけれど、吹っ切れたような気がして、新たな一歩を踏み出せるような感じがする。

大きくなったお腹を撫でた。

隆生さんと生まれてくる子供と力を合わせて、明るく楽しい家庭を築いていこうとまた新たに決意をしたのだった。

エピローグ

私は元気な男の子を出産した。

子供の名前は隆斗《りゅうと》。

隆生さんにそっくりで、可愛くてたまらない。

子供の負担にならないように、結局、結婚式は二歳までやらなかった。

今日は、美瑛に来ている。

家族だけの小さな結婚式を挙げたところだ。

過去に予約していた系列の結婚式場を変更してもらった。

予定を変更してもらって申し訳なかったが、その代わり思い出に残るプログラムを考えてくれたので、とてもありがたかった。

ウェディングドレスは、もう一度デザインから始めてくれた。

もったいないからこのままでいいと言ったけれど、隆生さんがどうしても作り直したいと言ってくれた。

再利用できるものは利用させてもらい、真っ白なプリンセスラインのレースがふんだんに使われたドレスを作ってもらったのだ。

一生の宝物にしたいと思っている。

結婚式が終わり、最後に義父と義母と母に見守られながらウェディングフォトを撮ることになった。

「では、お写真撮影はじめます」

大好きな隆生さんと、愛する息子はおそろいのタキシードだ。

美しい景色だった。

子供を中心に置いて写真を撮っていく。

「ほら、隆斗いいお顔して」

「うん！　あい、チージュ」

飛び切りの笑顔を見せてくれ、この場が温かい雰囲気に包まれる。

撮影が順調に進んでいく。カメラマンが少し離れると隆生さんは甘い視線を向けてきた。

「ひまり、綺麗すぎる」

「隆生さんも素敵」

「ひまり、愛してる」

「私も、愛してるよ」

子供が産まれて隆生さんの糖度は上がったかもしれない。

愛する夫を支えて、可愛い子供を育てながら素敵な家族を作っていきたいとこの結婚式で改めて思えた。

家族で幸せな日々を送っていこう。

私たちはいろんなことを乗り越えてきたから、きっと無敵だ。

幸せな未来が待っているのだと、この景色のように心が広がっていくような感じがした。

あとがき

こんにちは。ひなの琴莉です。

このたびは、こちらの書籍をご購入いただき本当にありがとうございます。

いつも応援してくださる読者様のおかげで、マーマレード文庫さんでは6冊目の書籍となります！　感謝で胸がいっぱいです。

今回は『身代わりの結婚』をテーマにしました。はじめは切なくて苦しい描写も多いのですが、その分後半は、ハッピーな気持ちになれるようにと思いながら書きました。

ヒーローとヒロインの甘く切ない恋愛が中心に描かれておりますが、いろいろなところに出かけている二人なので、景色とか風景とかも楽しんでもらえたら嬉しいです。

こちらの作品には、北海道の風景が出てきます。私は北海道に住んでいるのですが、空知や十勝《とかち》などをドライブをした時に、景色を見て心が洗われたような気持ちになったことがありました。雄大な景色を見ていたら、自分の悩みが小さく感じたことがあったのです。それと同時に悩みがあるということは精一杯生きている証拠なんだなと思いました。人生は、辛く苦しいことが多いかもしれません。でも、小さな楽しみを見つけて喜べる自分になりたいですし、誰かに楽しさを提供できるようになりたいです。文章を綴ることでそのお手伝いができたらと思っております。

こちらの本が出版される六月といえば、北海道は風が爽やかでとてもいい時期です。お気に入りの本を持って景色のいいところでコーヒーを飲みながら、読書でもしたいです。

ありがたいことに、今回も出版していただけました。

この本の制作に関わってくださったイラストレーター様はじめ、皆様に心よりお礼を申し上げます。

そして大切な時間とお金を使ってこの本を読んでくれた読者の皆様に最大限の感謝がどうか伝わりますように。

お手紙もいただけたら、とても嬉しいです。必ずお返事しますので送ってくださいね。

最後までお読みくださり、ありがとうございました。

ひなの琴莉

マーマレード文庫

意地悪な姉の身代わりで政略結婚したら、甘々に独占されて愛の証を授かりました

2024年6月15日　第1刷発行　定価はカバーに表示してあります

著者　ひなの琴莉　©KOTORI HINANO 2024
発行人　鈴木幸辰
発行所　株式会社ハーパーコリンズ・ジャパン
東京都千代田区大手町1-5-1
電話　04-2951-2000（注文）
0570-008091（読者サービス係）
印刷・製本　中央精版印刷株式会社

Printed in Japan ©K.K. HarperCollins Japan 2024
ISBN-978-4-596-63744-4

乱丁・落丁の本が万一ございましたら、購入された書店名を明記のうえ、小社読者サービス係宛にお送りください。送料小社負担にてお取り替えいたします。但し、古書店で購入したものについてはお取り替えできません。なお、文書、デザイン等も含めた本書の一部あるいは全部を無断で複写複製することは禁じられています。
※この作品はフィクションであり、実在の人物・団体・事件等とは関係ありません。

m a r m a l a d e b u n k o